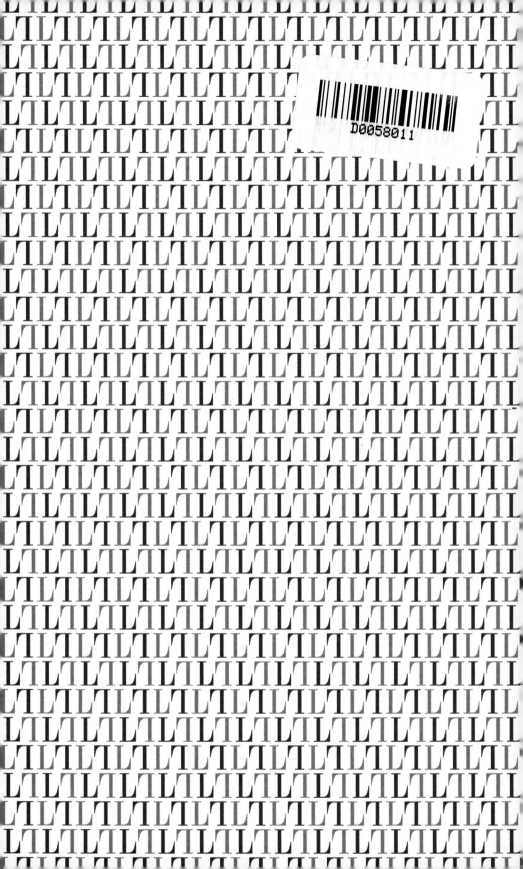
D0058011

La hija oscura

WITHDRAWN

La hija oscura

Elena Ferrante

Traducción de
Edgardo Dobry

Lumen

narrativa

Papel certificado por el Forest Stewardship Council®

Título original: *La figlia oscura*

Primera edición: marzo de 2018

© 2006, Edizioni e/o
© 2018, Penguin Random House Grupo Editorial, S. A. U.
Travessera de Gràcia, 47-49. 08021 Barcelona
© 2011, Edgardo Dobry, por la traducción

Penguin Random House Grupo Editorial apoya la protección del *copyright*.
El *copyright* estimula la creatividad, defiende la diversidad en el ámbito de las ideas y el conocimiento,
promueve la libre expresión y favorece una cultura viva. Gracias por comprar una edición autorizada
de este libro y por respetar las leyes del *copyright* al no reproducir, escanear ni distribuir ninguna
parte de esta obra por ningún medio sin permiso. Al hacerlo está respaldando a los autores
y permitiendo que PRHGE continúe publicando libros para todos los lectores.
Diríjase a CEDRO (Centro Español de Derechos Reprográficos, http://www.cedro.org)
si necesita fotocopiar o escanear algún fragmento de esta obra.

Printed in Spain – Impreso en España

ISBN: 978-84-264-0528-9
Depósito legal: B-336-2018

Compuesto en M. I. Maquetación, S. L.
Impreso en Egedsa
Sabadell (Barcelona)

H 4 0 5 2 8 9

Penguin
Random House
Grupo Editorial

La hija oscura

1

No hacía una hora que conducía cuando empecé a encontrarme mal. Reapareció el ardor en el costado, aunque al principio decidí no darle importancia. Solo me preocupé al advertir que no tenía fuerzas ni siquiera para agarrar el volante. Al cabo de pocos minutos la cabeza empezó a pesarme, las luces de los coches me parecían cada vez más pálidas y terminé por olvidarme incluso de que estaba conduciendo. Tuve en cambio la impresión de encontrarme en el mar, en pleno día. La playa estaba vacía, el agua en calma, pero en un asta a pocos metros de la costa flameaba la bandera roja. Mi madre, cuando era pequeña, me había metido mucho miedo, me decía: Leda, no entres nunca en el agua cuando hay bandera roja, significa que el mar está agitado y que te puedes ahogar. El miedo se había mantenido a lo largo de los años e incluso ahora, aunque el agua fuera una hoja de papel translúcida y tersa hasta el horizonte, no me atrevía a meterme, me angustiaba. Me decía: anda, báñate, se habrán olvidado de arriar la bandera, y mientras tanto me quedaba en la orilla probando cautamente el agua con la punta del pie. Por momentos mi madre aparecía en la cima de las dunas y me gritaba como si todavía fuera una niña: Leda, qué haces, ¿no has visto la bandera roja?

En el hospital, cuando abrí los ojos, me vi por una fracción de segundo dentro del mar liso. Quizá por eso me persuadí enseguida de que no se había tratado de un sueño, sino de una fantasía de terror que había durado hasta que desperté en el hospital. Supe por los médicos que mi coche había chocado contra el guardarraíl aunque sin consecuencias graves. La única herida importante la tenía en el costado izquierdo, una lesión inexplicable.

Vinieron a verme mis amigos de Florencia, vinieron también Bianca y Marta, incluso Gianni. Les dije que me había salido de la carretera por culpa del sueño. Pero sabía de sobra que el sueño no tenía nada que ver. En el origen estaba un gesto mío carente de sentido del que, justamente por su insensatez, decidí enseguida no hablar con nadie. Las cosas más difíciles de contar son las que nosotros mismos no llegamos a comprender.

2

Cuando mis hijas se mudaron a Toronto, donde su padre vivía y trabajaba desde hacía años, descubrí con inquieta sorpresa que no sufría ningún dolor, sino que me sentía ligera como si solo entonces las hubiera dado a luz definitivamente. Por primera vez en casi veinticinco años no sentía el apremio de tener que cuidar de ellas. La casa permaneció en orden como si nadie la habitase, me despreocupé de la compra y de la colada, la mujer que desde hacía años me ayudaba en las tareas domésticas encontró un trabajo mejor remunerado y no sentí la necesidad de reemplazarla.

La única obligación en lo que respectaba a las niñas era llamarlas una vez al día para saber cómo estaban, qué hacían. Por teléfono se expresaban como si se hubieran independizado ya; en realidad vivían con el padre, pero, acostumbradas a tenernos separados incluso de palabra, me hablaban como si él no existiese. A las preguntas sobre el curso de sus vidas respondían o bien de manera alegremente huidiza o con un mal humor pausado por el fastidio, o bien en el tono artificial que adoptaban cuando estaban en compañía de amigos. Ellas también me llamaban con frecuencia, en particular Bianca, que tenía conmigo una relación más imperativamente exigente, pero solo para saber si los zapatos azules combinaban bien con una falda anaranjada, si podía buscarle ciertas hojas con apuntes dejadas en un libro y enviárselas con urgencia, si seguía dispuesta a dejar que descargara en mí sus iras, sus infelicidades, a pesar de los continentes distintos y el gran cielo que nos separaba. Las llamadas telefónicas eran casi siempre apresuradas, y a veces parecían tan ficticias como las del cine.

Hacía lo que me pedían, actuaba según sus expectativas. Pero como la distancia me imponía la imposibilidad física de intervenir directamente en sus existencias, el satisfacer deseos o caprichos se convirtió en un conjunto de gestos enrarecidos e irresponsables, y cada exigencia me parecía leve; todo lo que les incumbiera no era más que una costumbre afectuosa. Me sentí milagrosamente desvinculada, como si una obra difícil, llevada al fin a su término, hubiera dejado de ser una carga.

Empecé a trabajar sin las interrupciones que imponían sus horarios y sus necesidades. Corregía de noche las tesis de los alumnos oyendo música, dormía mucho por las tardes con tapones de cera en los oídos, comía una vez al día y siempre en el restaurante que había debajo de casa. Cambié rápidamente de costumbres, de humor, incluso de aspecto físico. En la universidad los jóvenes demasiado estúpidos y los demasiado inteligentes dejaron de cabrearme. Un colega al que trataba desde hacía años y con el que a veces, muy de vez en cuando, me acostaba, me dijo perplejo una noche que me había vuelto menos distraída, más generosa. En pocos meses volví a tener el cuerpo delgado que había tenido de joven y experimenté una sensación de fuerza serena; me pareció que había vuelto a la velocidad justa de los pensamientos. Una tarde me miré en el espejo. Tenía cuarenta y siete años, me faltaban cuatro meses para cumplir cuarenta y ocho, pero vi que algo mágico me había quitado varios años de encima. No sé si me alegré, pero sin duda me sorprendí.

En este estado de inusual felicidad, al llegar junio sentí el deseo de unas vacaciones y decidí que me iría a la playa en cuanto hubiese terminado con los exámenes y las obligaciones burocráticas. Busqué en internet, examiné las fotos y los precios. Al final alquilé desde mediados de julio a finales de agosto un minúsculo apartamento bastante económico en la costa del mar Jónico. Finalmente no pude marcharme antes del 24 de julio e hice un viaje tranquilo en el coche cargado con los libros que utilizaría para preparar el curso del año siguiente. El tiempo era bueno, por las ventanillas abiertas entraba un aire lleno de aromas secos, me sentía libre y sin la culpa de serlo.

Pero a mitad de camino, mientras ponía gasolina, sentí una repentina agitación. La playa me había gustado mucho en el pasado, pero desde hacía al menos quince años tomar el sol me ponía nerviosa, enseguida me cansaba. Seguramente el apartamento sería feo, la vista una astilla de azul lejano entre lúgubres edificios baratos. No pegaría ojo por culpa del calor y de algún bar nocturno con la música a todo volumen. El resto del trayecto lo hice con cierto mal humor y con la idea de que en mi casa hubiera podido trabajar cómodamente todo el verano respirando aire acondicionado en el silencio del edificio.

Llegué con el sol bajo, al atardecer. El pueblecito me pareció hermoso, las voces tenían una cadencia agradable, olía bien. Me recibió un hombre mayor con densos cabellos blancos que se mostró respetuosamente cordial. Antes de nada quiso ofrecerme un café en el bar, después me impidió con sonrisas y gestos claros llevar un solo bolso hasta la casa. Cargado con mis maletas, jadeando, subió hasta el tercer y último piso y me dejó el equipaje en el umbral de un pequeño ático: dormitorio, una cocina minúscula sin ventanas que daba directamente al baño, una sala con grandes ventanales y una terraza desde la que en el crepúsculo se veía una costa hecha de lenguas de roca y un mar ilimitado.

El hombre se llamaba Giovanni, no era el propietario del apartamento sino una especie de vigilante o portero; sin embargo, no solo no aceptó la propina, sino que casi se ofendió como si yo no hubiera comprendido que lo que él hacía era cumplir con las reglas del buen anfitrión. Cuando se retiró, después de haberse asegurado varias veces de que todo era de mi agrado, encontré sobre la mesa de la sala un gran cuenco lleno de melocotones, ciruelas, peras, uvas e higos. El cuenco brillaba como una naturaleza muerta.

Llevé una butaquita de mimbre a la terraza y me senté un rato a mirar cómo la noche descendía sobre el mar. Durante años las dos niñas habían sido la razón de todas las vacaciones, y cuando crecieron y empezaron a recorrer el mundo con sus amigos, yo siempre me quedaba a esperar que volvieran. Me preocupaba no solo por las catástrofes de todo tipo (los peligros de los viajes aéreos o marítimos, las guerras, los terremotos, los maremotos), sino por su fragilidad nerviosa, por las posibles tensiones con los compañeros de viaje, por los dramas sentimentales que acarreaban unos amores demasiado fácilmente correspondidos o no correspondidos en absoluto. Quería estar dispuesta a afrontar demandas repentinas de ayuda, tenía miedo de que me acusaran de ser como era de hecho, distraída y ausente, concentrada en mí misma. Basta. Me levanté, me metí en la ducha.

Después me entró hambre y volví al cuenco de la fruta. Descubrí que pese a su bella apariencia los higos, las peras, las ciruelas, los melocotones y las uvas estaban pasados o podridos. Cogí un cuchillo, quité grandes partes negras, pero me disgustó el olor, el sabor, y tiré casi todo a la basura. Podía salir, buscar un restaurante, pero renuncié a comer por cansancio, tenía sueño.

En la habitación había dos grandes ventanas, las abrí de par en par, apagué las luces. Vi que fuera, de vez en cuando, explotaba en la oscuridad el brillo del faro e iluminaba durante unos segundos el dormitorio. Nunca habría que llegar de noche a un lugar desconocido; todo es indefinido, todo nos parece una señal. Me eché en la cama con el albornoz y el cabello húmedo, miré el techo esperando el momento en que se volviera blanco de luz, oí el rumor lejano de una lancha y una canción débil que parecía un maullido. No tenía contornos. Me giré adormecida y rocé algo que había en la almohada, me pareció un objeto frío de papel de estraza.

Encendí la luz. Sobre la tela blanca de la funda había un insecto de tres o cuatro centímetros de largo, como una gran mosca. Tenía alas membranosas, era marrón oscuro, estaba inmóvil. Me dije: es una cigarra, quizá se le ha reventado el abdomen sobre mi almohada. Lo rocé con la manga del albornoz, se movió, enseguida volvió a quedarse quieto. Macho, hembra. El vientre de las hembras no tiene membranas elásticas, no canta, es mudo. Sentí repugnancia. La cigarra pincha los olivos y hace gotear el maná de la corteza del fresno silvestre. Cogí con cuidado la almohada, fui hasta una de las ventanas y arrojé fuera el insecto. Así empezaron mis vacaciones.

3

Al día siguiente puse en el bolso ropa, una estera, libros, fotocopias, cuadernos, cogí el coche y viajé en busca de playa y mar a lo largo de la carretera comarcal que recorría la costa. Al cabo de unos veinte minutos vi a mi derecha un pinar y una señal de aparcamiento, me paré. Cargada con mis cosas, atravesé el guardarraíl y me adentré por un sendero cubierto de agujas de pino.

Me gusta mucho el olor de la resina, de niña pasé veranos en playas aún no del todo engullidas por el cemento de la camorra, que comenzaban donde terminaba el pinar. Ese olor es el olor de las vacaciones, de los juegos infantiles de verano. Cada crujido de piña seca o caída, el color oscuro de los piñones, me recuerdan la boca de mi madre que ríe mientras rompe las cáscaras para sacar los frutos amarillentos, le da algunos a mis hermanas, que los piden a voz en grito, a mí, que callo a la espera, o se los come ella misma ensuciándose de polvo oscuro los labios y diciendo, para enseñarme a ser menos tímida: mira, eso es lo que te pierdes, eres peor que una piña verde.

El pinar era muy denso, con un sotobosque intrincado, y los troncos crecidos bajo el empuje del viento parecían a punto de caer hacia atrás por miedo a algo que venía del mar. Me cuidaba de no tropezar en las raíces lustrosas que atravesaban el camino y contuve la repulsión por las salamandras polvorientas que a mi paso abandonaban las manchas de sol y huían en busca de refugio. Caminé no más de cinco minutos hasta que aparecieron las dunas y el mar. Pasé junto a troncos torcidos de eucaliptos que nacían de la arena, enfilé una pasarela de madera entre cañas verdes y adelfas y llegué a un chiringuito pulcro.

El lugar me gustó a primera vista. Me sentí acogida por la amabilidad del hombre moreno de la caja, la dulzura del joven socorrista sin músculos en bella vista, alto y muy delgado en camiseta y bañador rojo, que me acompañó hasta la sombrilla. La arena era un polvo blanco, me di un largo baño en un agua transparente, tomé un poco el sol. Después me acomodé a la sombra con mis libros y trabajé tranquilamente hasta el atardecer disfrutando de la brisa y de los bruscos cambios del mar. La jornada transcurrió con tal mezcla serena de trabajo, fantasías y ocio que desde ese día decidí volver allí siempre.

En menos de una semana todo se transformó en una tranquila costumbre. Atravesaba el pinar y me gustaban el crujido de la piñas que se abrían al sol, el sabor de unas pequeñas hojas verdes que parecían de mirto, los pedazos de corteza que se desgajaban de los eucaliptos. A lo largo del camino imaginaba el invierno, el pinar helado entre la niebla, el arbusto que daba bayas rojas. A mi llegada, el hombre de la caja me acogía todos los días con un saludo cortés. Tomaba el café en el bar, un agua mineral. El socorrista, que se llamaba Gino y a buen seguro era estudiante, me abría solícitamente la sombrilla y la tumbona, después se retiraba a la sombra —los labios grandes entreabiertos, los ojos atentos— a subrayar con el lápiz las páginas de un grueso volumen para quién sabe qué examen.

El muchacho me inspiraba ternura cuando lo miraba. Con frecuencia me adormecía secándome al sol, pero a veces no dormía, entrecerraba apenas los ojos y lo observaba con simpatía, cuidando de que no se percatara. No parecía tranquilo; torcía con frecuencia el cuerpo bello y nervioso, con una mano se despeinaba los cabellos negros, se atormentaba el mentón. A mis hijas les hubiera gustado mucho, sobre todo a Marta, que se enamoraba fácilmente de los chicos flacos y nerviosos. Quizá a mí también. Hace tiempo me di cuenta de que conservo poco de mí y todo de ellas. Incluso a Gino lo miraba con el filtro de las experiencias de Bianca, de Marta, según los gustos y las pasiones que imagino eran suyas.

El joven estudiaba, pero parecía tener sensores independientes de la vista. Solo con que me moviera para correr la tumbona del sol a la sombra, saltaba de su silla, me preguntaba si necesitaba ayuda. Yo sonreía, le hacía señas de que no, no era difícil mover una tumbona. Me bastaba con sentirme protegida, sin horarios que cumplir, sin ninguna obligación urgente. Nadie dependía ya de mi cuidado y yo misma había dejado por fin de ser una carga para mí misma.

4

En la joven madre y su hija reparé más tarde. No sé si estaban allí desde mi primer día en la playa o si aparecieron después. En los tres o cuatro días posteriores a mi llegada apenas presté atención a un grupo algo ruidoso de napolitanos, niños, adultos, un hombre de unos sesenta años de expresión malvada, cuatro o cinco críos que se peleaban ferozmente en el agua y fuera de ella, una mujer alta de piernas cortas y pechos grandes, menor de cuarenta quizá, que iba con frecuencia de la playa al bar y viceversa arrastrando trabajosamente una barriga preñada, el arco grande y desnudo tensado entre las dos piezas del biquini. Todos estaban emparentados, padres, abuelos, hijos, nietos, sobrinos, cuñados, y reían con carcajadas sonoras. Se llamaban por el nombre con gritos arrastrados, se lanzaban frases exclamativas o cómplices, a veces discutían; un grupo familiar grande, parecido a aquel del que yo había formado parte cuando era niña, las mismas bromas, los mismos melindres, las mismas broncas.

Un día levanté la mirada del libro y vi por primera vez a la mujer jovencísima con la niña. Volvían del mar hacia la sombrilla, ella no tendría más de veinte años, la cabeza gacha, y la pequeña, de tres o cuatro años, con la nariz respingona, la miraba encantada, estrechando una muñeca al modo en que una madre lleva un bebé en brazos. Se hablaban con calma, como si no existiera nadie más que ellas dos.

Desde la sombrilla la mujer embarazada gritaba algo con rabia en dirección a ellas, y una gruesa señora canosa completamente vestida, de unos cincuenta años, acaso la madre, hacía gestos de desagrado censurando no sé qué. Pero la muchacha parecía sorda y ciega, seguía volviéndose hacia la niña y se acercaba desde el mar con paso sereno dejando en la arena la sombra oscura de las huellas.

También ellas formaban parte de la gran familia ruidosa, pero la madre joven, vista de lejos con su cuerpo delgado, el bañador escogido con buen gusto, el cuello fino, la bella forma de la cabeza con los cabellos largos y revueltos, de un moreno brillante, el rostro de india con pómulos altos, las cejas marcadas y los ojos oblicuos, me parecía una anomalía en el grupo, un organismo que había escapado misteriosamente a la regla, la víctima ya naturalizada de un secuestro o un cambio en la cuna.

A partir de entonces tomé la costumbre de mirar de vez en cuando hacia donde estaban.

La pequeña tenía algo peculiar, no sé exactamente qué, una tristeza infantil tal vez o una dolencia quieta. Todo su rostro dirigía permanentemente a la madre la petición de estar juntas, una súplica sin llantos ni caprichos, y la madre no la rehuía. En una ocasión me fijé en la atención delicada con que la untaba de crema. Otra vez me sorprendió el tiempo lento que madre e hija pasaban juntas en el agua, una estrechando a la otra contra sí, la otra rodeándole el cuello con los brazos. Reían disfrutando del placer de sentirse cuerpo contra cuerpo, tocarse la nariz con la nariz, escupirse chorros de agua, besarse. En cierta ocasión las vi jugar juntas con la muñeca. Se divertían mucho, la vestían y desvestían, fingían aplicarle crema protectora, la bañaban en un pequeño cubo verde, la secaban frotándola para que no pasara frío, se la apretaban contra el pecho como para darle de mamar o la atiborraban de papilla de arena, la tenían al sol junto a ellas, tendida en su misma toalla. Si la muchacha era de por sí bella, en esa manera suya de ser madre había algo que la distinguía; parecía no tener deseo de otra cosa que la niña.

No es que no estuviera bien integrada en ese gran grupo familiar. Conversaba largamente con la mujer embarazada, jugaba a las cartas con ciertos jóvenes negros por el sol de su misma edad, supongo que primos, paseaba a lo largo de la orilla del mar con el anciano de aire cruel (¿su padre?) o con muchachas ruidosas, hermanas, primas, cuñadas. No me parecía que tuviera marido o alguien que fuese visiblemente el padre de la niña. En cambio observé que todos los miembros de la familia cuidaban con afecto de ella y de la pequeña. La señora gruesa y canosa de unos cincuenta años la acompañaba al bar para comprar un helado a la cría. A una llamada seca de la joven, los niños interrumpían sus risas y, aunque de mala gana, iban a buscar agua, comida, lo que necesitara. Bastaba con que madre e hija se alejaran unos metros de la playa en una pequeña canoa roja y azul para que la mujer embarazada gritara Nina, Lenù, Ninetta, Lena, y se precipitara hacia la orilla jadeando y alarmando incluso al socorrista, que saltaba de su silla y se ponía en pie para observar mejor la situación. En una ocasión en que dos hombres se acercaron a la muchacha con intención de entablar conversación, intervinieron enseguida los primos y la emprendieron a empujones y malas palabras; por poco se arma una trifulca.

Durante un tiempo no supe si era la madre o la hija quien se llamaba Nina, Ninù, Ninè, los nombres eran tantos que me resultaba difícil, dada la trama densa de llamadas, tener alguna certidumbre. Después, a fuerza de oír voces y gritos, comprendí que Nina era la madre. Más complicado fue con la niña, al principio me confundí. Pensé que tenía un apelativo como Nani o Nena o Nennella, pero luego comprendí que esos eran los nombres de la muñeca, de la que nunca se separaba la pequeña y a la que Nina prestaba tanta atención como si estuviese viva, casi como a una segunda hija. La niña en realidad se llamaba Elena, Lenù. La madre la llamaba siempre Elena; la familia, Lenù.

No sé por qué apunté esos nombres en mi cuaderno, Elena, Nani, Nena, Leni; quizá me gustaba la forma en que Nina los pronunciaba. Hablaba a la niña y a su muñeca con una entonación dialectal agradable, el napolitano que amo, ese acento tierno del juego y de los mimos. Estaba fascinada. Las lenguas tienen para mí un veneno secreto que cada cierto tiempo se activa y contra el cual no hay antídoto. Recuerdo el dialecto en boca de mi madre cuando abandonaba el deje dulce y nos gritaba, emponzoñada por el enfado: no puedo más con vosotros, no puedo más. Órdenes, chillidos, insultos, una tensión de la vida en sus palabras, como un nervio tenso que, apenas rozado, arrasa con dolor toda posibilidad de compostura. Una, dos, tres veces nos amenazó a nosotras, sus hijas, con irse, os despertaréis una mañana y no me encontraréis. Todos los días me despertaba temblando de miedo. En la realidad estaba siempre, en las palabras huía de casa un día sí y otro también. Esa mujer, Nina, parecía tranquila y sentí envidia.

5

Una semana de vacaciones se había deslizado ya casi entera: buen tiempo, una brisa ligera, muchas sombrillas vacías, entonaciones dialectales de toda Italia mezcladas con el dialecto local y alguna lengua de extranjeros que disfrutaban del sol.

Llegó el sábado y la playa se abarrotó. Mi zona de sombra y de sol fue asediada por neveras portátiles, cubos, palas, manguitos y almohadas hinchables, raquetas. Renuncié a leer y busqué entre la multitud a Nina y Elena como si fueran un espectáculo para pasar el rato.

No me resultó fácil encontrarlas, hasta que me di cuenta de que habían arrastrado su tumbona a pocos metros del mar. Nina estaba tendida boca abajo, al sol, y a su lado, en la misma posición, estaba, según me pareció, la muñeca. La niña en cambio iba hasta la orilla con una regadera de plástico amarillo, la llenaba de agua y, cogiéndola con las manos por el peso, resoplando y riendo, regresaba a donde estaba la madre para mojarle el cuerpo y aliviar el calor del sol. Cuando la regadera se vaciaba, volvía a llenarla, hacía el mismo recorrido, el mismo trabajo, el mismo juego.

Quizá no había dormido bien, quizá me había pasado por la cabeza algún mal pensamiento en el que no había reparado; la verdad es que aquella mañana me molestó verlas. Elena, por ejemplo, me pareció obtusamente metódica: regaba los tobillos de la madre primero, los de la muñeca después, y preguntaba a ambas si era suficiente, ambas respondían que no y ella volvía a empezar. Nina en cambio me resultó afectada: maullaba de placer, repetía el maullido con tonos diferentes, como si saliesen de la boca de la muñeca, y musitaba entre suspiros: más, más. Sospeché que estaba representando su papel de madre joven y bella no por amor a la hija sino para nosotros, la gente de la playa, todos, mujeres y hombres, jóvenes y ancianos.

Su cuerpo y el de la muñeca fueron rociados largo rato. Ella quedó brillante de agua, los haces luminosos disparados por la regadera le empaparon hasta el pelo, que se le pegó a la cabeza y a la frente. Nani o Nile o Nena, la muñeca, fue mojada con la misma perseverancia, pero absorbía menos agua, que por tanto goteaba desde el plástico azul de la tumbona a la arena, oscureciéndola.

Miraba a la niña en su ir y venir y algo no terminaba de gustarme, el juego con el agua quizá, el placer ostentoso de Nina al sol. O las voces, sí, sobre todo las voces que madre e hija atribuían a la muñeca. Unas veces le daban la palabra por turnos, otras veces las dos juntas, encabalgando el tono infantil impostado de la adulta y el falsamente adulto de la niña. Se imaginaban que era la misma voz que hablaba desde la misma garganta de algo que en realidad era mudo. Pero evidentemente yo no conseguía entrar en su ilusión, experimentaba por esa doble voz una repulsión creciente. Es verdad, yo estaba al margen, qué me importaba, podía observar el juego o desinteresarme, era solo un pasatiempo. Sin embargo no era así, me sentía incómoda como ante algo deforme, como si una parte de mí pretendiese absurdamente que se decidieran y dieran a la muñeca una voz estable, constante, o bien la de la madre o la de la hija, pero basta ya de fingir que eran iguales.

Fue como cuando una punzada leve, a fuerza de pensar en ella, se convierte en un dolor insoportable. Empecé a exasperarme. En un momento dado tuve ganas de levantarme, caminar en diagonal hacia la tumbona de sus juegos y pararme a decir basta, no sabéis jugar, dejadlo ya. Salí de la sombrilla con ese propósito, no podía resistirlo más. Naturalmente no dije nada, seguí adelante mirando al frente. Pensé: hace demasiado calor, siempre he odiado estar en lugares atestados, todos hablan con la misma modulación, se mueven con los mismos objetivos, hacen las mismas cosas. Atribuí a la playa tal y como estaba el fin de semana mi repentina neurastenia y fui a meter los pies en el agua.

6

Cerca del mediodía sucedió algo nuevo. Dormitaba a la sombra, a pesar de que la música que venía del chiringuito era demasiado alta, cuando oí que la mujer embarazada llamaba a Nina como para anunciarle algo extraordinario.

Abrí los ojos, observé que la muchacha tomaba en brazos a la hija y le indicaba algo o a alguien a mi espalda con notable alegría. Me di la vuelta, vi un hombre achaparrado, macizo, entre los treinta y los cuarenta, que bajaba por la pasarela de madera, el pelo rapado al cero, la camiseta negra ceñida, trazando una barriga abultada sobre el bañador verde. La pequeña lo reconoció, le lanzó un saludo nervioso, riendo y escondiendo con una mueca la cara entre el cuello y el hombro de la madre. Él permaneció serio, apenas esbozó un saludo con la mano, el rostro era bello, los ojos agudos. Se detuvo sin prisa a saludar al hombre del chiringuito, dio una palmada afectuosa al joven socorrista, que había acudido a saludarlo, y entretanto se iba formando a su alrededor un séquito de hombres joviales, todos en bañador, uno con una mochila a la espalda, otro con una nevera portátil, otro más con dos o tres paquetes que, por los lazos y cintas, debían de ser regalos. Cuando por fin el hombre se dirigió a la playa, Nina lo recibió con la niña, deteniendo de nuevo al pequeño cortejo. Él, siempre serio, con gestos lentos, en primer lugar le quitó de los brazos a Elena, que se echó a su cuello dándole muchos pequeños besos ansiosos en la cara; después, sin dejar de ofrecer una mejilla a la pequeña, agarró a Nina por la nuca casi obligándola a pegarse a él —era por lo menos diez centímetros más bajo que ella— y le rozó los labios fugazmente, con estudiada actitud de propietario.

Intuí que había llegado el padre de Elena, el marido de Nina. Entre los napolitanos se organizó enseguida una fiesta, se reunieron todos hasta casi invadir mi sombrilla. Vi que la niña abría regalos, que Nina se probaba un feo sombrero de paja. Después el recién llegado indicó algo en el mar, una lancha. El anciano de aire maligno, los niños, la mujer canosa y gruesa, los primos y las primas se agolparon en la orilla gritando y agitando los brazos en señal de saludo. La lancha superó la línea de las boyas rojas, zigzagueó entre los nadadores, atravesó la línea de las boyas blancas y llegó con el motor encendido entre niños y ancianos que se bañaban en un metro de agua. Enseguida bajaron hombres corpulentos de rostro descolorido, mujeres groseramente ostentosas, niños obesos. Abrazos, besos en las mejillas, Nina perdió el sombrero, el viento se lo llevó. Su marido, como un animal inmóvil que a la primera señal de peligro salta con una fuerza y una decisión inesperadas, a pesar de tener en brazos a la niña lo cogió al vuelo y se lo devolvió antes de que tocara el agua. Ella se lo calzó mejor, el sombrero de pronto me pareció bonito y sentí una punzada irracional de incomodidad.

La confusión creció. A todas luces los recién llegados desaprobaban la disposición de las sombrillas; el marido llamó a Gino, acudió también el encargado del chiringuito. Me pareció entender que querían estar todos juntos, el grupo familiar residente y el de visita, formando una trinchera compacta de tumbonas, sillas de playa, provisiones, niños y adultos en pleno jolgorio. Señalaban hacia la zona en que estaba yo, donde había dos sombrillas vacías, gesticulaban mucho, especialmente la mujer embarazada, que en un determinado momento empezó a pedir a los vecinos que se cambiaran de lugar, deslizándose de una sombrilla a otra como sucede en el cine cuando uno te pide por favor si puedes desplazarte un asiento más allá.

Se creó un clima festivo. Los bañistas vacilaban, no querían tener que transportar todas sus cosas, pero los niños y adultos de la familia napolitana lo hacían por ellos con jovialidad y al final la mayoría cambiaba de sitio casi con entusiasmo.

Abrí un libro, pero sentía una maraña de sentimientos agrios que con cada acometida de sonido, color, olor se agriaba aún más. Esa gente me irritaba. Había nacido en un ambiente bastante parecido, mis tíos, mis primos, mi padre eran así, de una cordialidad prepotente. Ceremoniosos, con frecuencia muy sociables, cada petición sonaba en su boca como una orden apenas moderada por una bonhomía falsa y, llegada la ocasión, sabían ser vulgarmente ofensivos y violentos. Mi madre se avergonzaba de la naturaleza plebeya de mi padre y sus parientes, quería ser distinta, jugaba dentro de aquel mundo a ser la señora bien vestida y de buenos sentimientos. Pero al primer conflicto la máscara se le caía y también ella adoptaba el comportamiento, la lengua de los demás, con una violencia equivalente. Yo la observaba maravillada y decepcionada, y me proponía no parecerme, llegar a ser en efecto distinta y demostrarle así que era inútil y malo asustarnos con esos no me volveréis a ver nunca, nunca, nunca más, había que cambiar de verdad, o bien de verdad largarse de casa, dejarnos, desaparecer. Cómo sufría por ella y por mí, cómo me avergonzaba haber salido de su vientre de persona desgraciada. En el desorden de la playa, ese pensamiento me crispó aún más e hizo crecer mi desprecio por los modales de aquella gente, junto con un hilo de angustia.

Mientras tanto, algo se había complicado en las mudanzas. Había una familia con la que la mujer embarazada no conseguía hacerse entender; otra lengua, extranjeros, querían quedarse bajo su sombrilla. Intentaron convencerlos los niños, los primos tenebrosos, el viejo severo, pero nada. A continuación observé que hablaban con Gino y miraban hacia donde me encontraba yo. El socorrista y la mujer embarazada vinieron hacia mí como en delegación.

El joven, azorado, me señaló a los extranjeros: padre, madre, dos hijos varones de pocos años. Alemanes los llamó, me preguntó si sabía su idioma, si quería hacer de intérprete, y la mujer, con una mano en la espalda y echando hacia delante el vientre desnudo, agregó en dialecto que esos no entendían, debía decirles que se trataba solo de cambiar de sombrilla, nada más, para que ellos pudieran estar todos juntos, amigos y parientes, era una fiesta.

Hice a Gino una fría señal de asentimiento, fui a hablar con los alemanes, que resultaron ser holandeses. Sentía la mirada de Nina sobre mí, hablé en voz alta y segura. Desde las primeras palabras, no sé por qué, tuve ganas de mostrar mi competencia, conversé con gusto. El padre de familia se convenció, recuperó el aire amistoso, holandeses y napolitanos confraternizaron. Cuando volvía a mi sombrilla pasé junto a Nina a propósito y por primera vez la vi de cerca. Me pareció menos guapa, menos joven, tenía las ingles mal depiladas, la niña que llevaba en brazos tenía un ojo húmedo y muy enrojecido y la frente llena de granitos de sudor, y la muñeca era fea y estaba sucia. Regresé a mi lugar; aparentaba tranquilidad pero estaba muy nerviosa.

Intenté seguir leyendo, pero no lo conseguí. Pensé no en lo que les había dicho a los holandeses, sino en el tono que había usado. Me asaltó la duda de si había sido, sin proponérmelo, la mensajera de aquel marasmo prepotente, de si había traducido a otra lengua la sustancia de una villanía. Ahora estaba furiosa, con los napolitanos, conmigo misma. Por eso cuando la mujer embarazada me señaló con una mueca de impaciencia y se volvió hacia los niños, hacia los hombres, hacia Gino, y gritó: vamos, que la señora también se cambia, ¿verdad, señora, que se cambia de lugar?, respondí bruscamente, con beligerante mal humor: no, aquí estoy bien, lo siento pero no tengo ninguna intención de moverme.

7

Me fui al atardecer, como de costumbre, pero tensa, con amargura. Después de mi negativa, la mujer embarazada había insistido con un tono cada vez más agresivo, había venido el anciano a decirme frases del estilo de qué más le da, hoy usted nos hace un favor a nosotros, mañana nosotros se lo hacemos a usted; todo duró unos pocos minutos, quizá no tuve siquiera tiempo de decir otro no con claridad, me limité a hacer alguna señal con la cabeza. La cuestión quedó zanjada por una frase brusca del marido de Nina, palabras pronunciadas a distancia pero en voz alta, dijo basta, estamos bien así, dejad tranquila a la señora, y todos se retiraron, el joven socorrista murmuró una frase de disculpa y volvió a su puesto.

Mientras estuve en la playa fingí leer. En realidad oía como amplificados el dialecto del clan, sus gritos, las carcajadas, y eso me impedía concentrarme. Estaban festejando algo, comían, bebían, cantaban, parecían creer que en la playa estaban solamente ellos o bien que los demás solo estábamos allí para ser espectadores de su felicidad. De los trastos que habían bajado de la lancha fue surgiendo, durante horas, una comida suntuosa, vino, dulces, licores. Nadie volvió a mirar hacia el lugar donde me encontraba, nadie dijo una palabra siquiera vagamente irónica sobre mí. Solo cuando me vestí y empecé a recoger mis cosas la mujer con la gran panza dejó el grupo y vino hacia mí. Me trajo un plato con una ración de helado color frambuesa.

—Es mi cumpleaños —dijo, seria.

Acepté el dulce, a pesar de que no me apetecía.

—Felicidades, ¿cuántos años cumple?

—Cuarenta y dos.

Miré su vientre, el ombligo saltón como un ojo.

—Tiene una buena panza.

Hizo un gesto de gran satisfacción.

—Es una niña. Los hijos no venían y ahora mire.

—¿Cuánto le falta?

—Dos meses. Mi cuñada tuvo a la suya enseguida, yo he tenido que esperar ocho años.

—Son cosas que pasan cuando deben pasar. Gracias y felicidades de nuevo.

Quise devolverle el plato después de dos bocados, pero ella no hizo ademán de cogerlo.

—¿Usted tiene hijos?

—Dos hijas.

—¿Las tuvo joven?

—Cuando nació la mayor tenía veintitrés años.

—Son mayores.

—Una tiene veinticuatro años, la otra veintidós.

—Parece más joven. Mi cuñada decía que no tendría usted más de cuarenta años.

—Tengo casi cuarenta y ocho.

—Qué suerte tiene de conservarse tan guapa. ¿Cómo se llama?

—Leda.

—¿Neda?

—Leda.

—Yo me llamo Rosaria.

Le tendí el plato con mayor decisión, lo cogió.

—Estaba un poco nerviosa antes —me justifiqué de mala gana.

—El mar a veces no sienta bien. ¿O es que sus hijas le dan preocupaciones?

—Los hijos siempre dan preocupaciones.

Nos despedimos y me di cuenta de que Nina me miraba. Crucé malhumorada el pinar, ahora me sentía en falta. No me hubiera costado nada cambiar de sombrilla, los otros lo habían hecho, incluso los holandeses, por qué yo no. Sentimiento de superioridad, presunción. Autodefensa del ocio pensativo, tendencia culta a dar lecciones de civismo. Estupideces. Había prestado tanta atención a Nina solo porque la sentía físicamente más cercana, mientras que a Rosaria, que era fea y sin pretensiones, no le había dirigido una sola mirada. Cuántas veces debían de haberla llamado por su nombre y yo ni me había fijado. La había mantenido fuera de mi radio, sin curiosidad, imagen anónima de mujer que lleva su embarazo de forma grosera. Así de superficial era yo. Y luego aquella frase: los hijos siempre dan preocupaciones. Dicha a una mujer que está a punto de traer uno al mundo: qué tontería. Siempre palabras de desprecio, escépticas o irónicas. Bianca me había gritado una vez entre lágrimas: siempre te crees mejor que nadie; y Marta: ¿por qué nos has tenido si no haces más que quejarte de nosotras? Bombas de palabras, hechas solo de sílabas. Siempre llega el momento en que los hijos te dicen con rabia infeliz por qué me has dado la vida, caminaba absorta. El pinar tenía tintes violáceos, había viento. Oí chasquidos a mi espalda, quizá de pasos, me volví, silencio.

Seguí andando. Algo me golpeó la espalda, violento, como si me hubieran tirado una bola de billar. Grité de dolor y de sorpresa al mismo tiempo, me volví sin aliento, vi la piña que rodaba por el matorral, grande como un puño, cerrada. Ahora me palpitaba el corazón, me froté con fuerza la espalda para aliviar el dolor. La respiración no me volvía, miré las zarzas alrededor, los pinos movidos por el viento.

8

De vuelta en casa me desnudé, me examiné en el espejo. Tenía entre los omóplatos una mancha morada parecida a una boca, de bordes oscuros y rosada en el centro. Traté de tocarla con los dedos, dolía. Cuando examiné la camisa, encontré trazas pegajosas de resina.

Para tranquilizarme decidí ir al pueblo, pasear, cenar fuera. Cómo se había producido el golpe. Rebusqué en la memoria, pero sin grandes resultados. No supe determinar si me habían lanzado la piña a propósito desde detrás de algún arbusto o había caído de un árbol. Un golpe inesperado es solo estupefacción y sufrimiento. Cuando imaginaba el cielo y los pinos, la piña se precipitaba desde lo alto; cuando pensaba en el sotobosque, en los arbustos, veía una línea horizontal trazada por el proyectil, la piña que cortaba el aire hacia mi espalda.

En la calle había el gentío propio de un sábado por la noche, personas bronceadas por el sol, familias enteras, mujeres que empujaban cochecitos, padres aburridos o furiosos, parejas de jóvenes abrazados o de viejos tomados de la mano. El olor de los bronceadores se mezclaba con el del algodón de azúcar y las almendras tostadas. El dolor, como un tizón ardiente apretado entre los omóplatos, no me dejaba pensar en otra cosa que en lo que me había sucedido.

Sentí la necesidad de llamar a mis hijas y contarles el incidente. Contestó Marta, empezó a hablar como hacía ella, muy rápido y en falsete. Tuve la impresión de que temía más de lo habitual una interrupción mía, alguna pregunta insidiosa, un reproche o simplemente el cambio por mi parte de su tono excesivo-alegre-escéptico por un tono serio que le habría impuesto preguntas verdaderas y respuestas verdaderas. Me habló largo rato acerca de una fiesta a la que ella y su hermana debían ir, no entendí bien cuándo, si esa noche o la siguiente. El padre estaba entusiasmado, eran amigos suyos, no solo colegas de la universidad, gente que trabajaba en televisión, personas importantes con las que quería quedar bien, mostrar que a pesar de no haber cumplido todavía los cincuenta tenía dos hijas mayores, bien educadas, guapas. Habló y habló, en cierto momento la emprendió con el clima. Canadá, exclamó, es un país inhabitable, tanto en invierno como en verano. No me preguntó siquiera cómo estaba, o quizá me lo preguntó pero no me dejó responder. Es probable también que no mencionara al padre, que lo oyera yo entre una palabra y otra. En las conversaciones con mis hijas oigo palabras o frases no pronunciadas. Ellas a veces se enojan, me dicen mamá, yo no lo he dicho, lo estás diciendo tú, te lo has inventado. Pero no invento nada, me basta con escuchar, lo no dicho es más elocuente que lo dicho. Esa noche, mientras Marta divagaba con ráfagas de palabras, por un instante pensé que aún no había nacido, que nunca había salido de mi vientre, que estaba en el vientre de otra, de Rosaria por ejemplo, y que nacería con otro aspecto, otro carácter. Acaso era eso lo que ella había deseado en secreto desde siempre, no ser mi hija. Hablaba neuróticamente de sí misma desde un continente lejano. Me comentaba sus problemas con el pelo, que debía lavarse continuamente porque nunca le quedaba bien, de peluquerías que se lo habían estropeado, y por eso no iría a la fiesta, no pensaba salir de casa con ese aspecto, solo iría Bianca, que tenía el cabello precioso, y me hablaba como si la culpa fuera mía, no la había hecho de modo que pudiera ser feliz. Reproches antiguos. Me resultó frívola, sí, frívola y fastidiosa, ubicada en un espacio demasiado lejano de este otro espacio en el paseo marítimo, de noche, y la perdí. Mientras continuaba lamentándose, abrí los ojos por el dolor en la espalda y vi a Rosaria, gorda, cansada, que me seguía por el pinar acompañada por la banda de niños y parientes y se acuclillaba, el gran vientre desnudo apoyado como una cúpula sobre los muslos grandes, y me señalaba como blanco. Cuando corté la comunicación ya me había arrepentido de haber llamado, me sentía más nerviosa que antes, me latía deprisa el corazón.

Tenía que cenar, pero los restaurantes estaban demasiado llenos, detesto ser una mujer sola en un restaurante un sábado por la noche. Decidí tomar algo en el bar debajo de casa. Llegué con paso cansino y miré la barra al otro lado del cristal: revoloteo de moscas. Pedí dos croquetas de patata, una de arroz, una cerveza. Mientras consumía con desgana mi comida oí a mi espalda una cháchara de ancianos en un dialecto cerrado, jugaban a las cartas, se reían; apenas los había visto de reojo al entrar. Me volví. En la mesa de los jugadores estaba Giovanni, el hombre que me había acogido a mi llegada y al que no había vuelto a ver.

Dejó las cartas sobre la mesa y vino hacia la barra. Preguntó vaguedades, cómo estaba, si me había ambientado, cómo me encontraba en el apartamento, cosas por el estilo. Durante todo el rato me habló con una sonrisa cómplice, aunque no tenía ninguna razón para sonreír de aquel modo, nos habíamos visto una sola vez durante unos pocos minutos y no entendía en qué sentido podíamos ser cómplices. Hablaba en voz muy baja, a cada palabra se acercaba unos centímetros a mí, dos veces me tocó un brazo con la punta de los dedos, en una ocasión me puso una mano llena de manchas oscuras en el hombro. Cuando me preguntó si había algo en lo que pudiera ayudarme, lo hizo hablándome casi al oído. Me di cuenta de que sus compañeros de juego nos miraban en silencio y me sentí incómoda. Eran de su edad, todos en torno a los setenta años, parecían espectadores en un teatro que asistieran incrédulos a una escena sorprendente. Cuando terminé la cena, Giovanni hizo una señal al camarero, algo que significaba yo me hago cargo, y no conseguí de ninguna manera pagar. Le di las gracias, salí rápidamente y solo cuando atravesé el umbral y oí las risotadas roncas de los jugadores comprendí que aquel hombre debía de haberse vanagloriado de cierta intimidad conmigo, una forastera, y que había intentado demostrarlo comportándose como un macho patrón para uso y consumo de los presentes.

Tendría que haberme puesto furiosa y en cambio me sentí repentinamente mejor. Pensé en regresar al bar, sentarme junto a Giovanni y secundarlo decididamente en la partida de cartas, tal como habría hecho una muñeca rubia en una película de gánsteres. Quién era, después de todo: un viejo flaco que conservaba todo el cabello, solo piel manchada y estriada por arrugas profundas, el iris amarillento y un velo leve sobre las pupilas. Él había actuado, ahora actuaría yo. Le hablaría al oído, apretaría los senos contra su brazo, apoyaría el mentón sobre su hombro para verle las cartas. Me estaría agradecido durante el resto de su vida.

Pero volví a casa y esperé en la terraza, mientras la luz del faro me atravesaba como un sable, a que llegase el sueño.

9

No pegué ojo en toda la noche. La espalda me latía inflamada, desde todo el pueblo llegó hasta el amanecer música a alto volumen, ruidos de coches, gritos de llamada o de saludo.

Permanecí estirada aunque descompuesta, con una impresión creciente de dispersión: Bianca y Marta, la dificultad de mi trabajo, Nina, Elena, Rosaria, mis padres, el marido de Nina, los libros que estaba leyendo, Gianni, mi ex marido. Al amanecer cayó un silencio inesperado y dormí durante unas horas.

Me desperté a las once, cogí rápidamente mis cosas, subí al coche. Pero era domingo, un domingo tórrido: encontré mucho tráfico, me costó aparcar y acabé dentro de un barullo de gente peor que el del día anterior: un flujo de jóvenes, viejos y niños cargados de trastos que atestaban el sendero del pinar y se aprestaban a conquistar lo antes posible un retal de arena cerca del mar.

Gino, atrapado por el flujo continuo de bañistas, apenas se ocupó de mí, solo me dirigió un gesto a modo de saludo. Una vez en bañador me tumbé rápidamente a la sombra, boca arriba, para ocultar el morado de la espalda, y me puse las gafas de sol, me dolía la cabeza.

La playa estaba abarrotada. Busqué con la mirada a Rosaria, no la vi, el clan parecía haberse dispersado, disuelto en la multitud. Solo al mirar con atención conseguí localizar a Nina y su marido paseando por la orilla.

Ella llevaba un biquini azul y volvió a parecerme muy bella, se movía con su habitual elegancia natural, a pesar de que en ese momento hablaba con vehemencia; él, sin camiseta, era más rechoncho que su hermana Rosaria, blanco, sin siquiera el enrojecimiento del sol, los movimientos medidos, sobre el pecho peludo una cadena de oro con un crucifijo y, rasgo que me resultó repulsivo, una panza grande, dividida en dos mitades hinchadas de carne por una cicatriz profunda que iba del borde del bañador hasta el arco de las costillas.

Me sorprendió la ausencia de Elena; era la primera vez que no veía a madre e hija juntas. Después me di cuenta de que la niña estaba a dos pasos de mí, sola, sentada en la arena al sol, el sombrero nuevo de la madre en la cabeza, jugando con la muñeca. Me fijé en que tenía el ojo todavía más enrojecido y de vez en cuando se lamía con la punta de la lengua el moco que le caía de la nariz.

A quién se parecía. Ahora que había visto también al padre, creí reconocer en ella los rasgos de ambos. Se mira a un niño y de inmediato comienza el juego de las semejanzas, hay prisa por encerrarlo dentro del perímetro conocido de los padres. De hecho es solo materia viva, enésima carne casual procedente de largas cadenas de organismos. Ingeniería —la naturaleza es ingeniería, también la cultura lo es, después viene la ciencia, solo el caos no es ingeniero— junto a necesidad perentoria de reproducción. A Bianca la quise, se desea un hijo con una opacidad animal reforzada por las convicciones corrientes. Llegó pronto, yo tenía veintitrés años, su padre y yo estábamos en medio de una dura lucha por conservar nuestros puestos de trabajo en la universidad. Él lo consiguió, yo no. Un cuerpo de mujer hace mil cosas distintas, trabaja, corre, estudia, fantasea, inventa, se agota, y mientras tanto los pechos se agrandan, los labios del sexo se hinchan, la carne palpita con una vida redonda que es tuya, tu vida, y sin embargo empuja hacia otra parte, se separa de ti a pesar de habitar en tus entrañas, feliz y pesada, gozada como un impulso voraz y aun así repulsivo como el injerto de un insecto venenoso en una vena.

Tu vida quiere ser de otro. Bianca fue expulsada, se expulsó, pero —todas las personas de nuestro entorno lo creían, incluso nosotros mismos lo creíamos— no podía crecer sola, demasiado triste, necesitaba un hermano, una hermana, para que le hiciera compañía. Por eso enseguida programé obediente, sí, como se suele decir, «programé» que creciera en mi vientre Marta.

Así pues, a los veinticinco años los otros juegos habían terminado para mí. El padre corría por el mundo, una y otra vez. Ni siquiera tenía tiempo de fijarse bien en cómo había sido copiado su cuerpo, cómo había sucedido la reproducción. Apenas miraba a sus dos hijas, pero decía con ternura sincera: son clavadas a ti. Gianni es un hombre atento, nuestras hijas lo quieren. Se ocupó poco o nada de ellas, pero cuando fue necesario hizo todo lo que pudo, incluso ahora hace todo lo que puede. En general a los niños les cae bien. Si estuviera aquí no se quedaría como yo en la tumbona, sino que iría a jugar con Elena, sentiría el deber de hacerlo.

Yo no. Miraba a la niña, pero al verla así, sola y a la vez con todos sus antepasados apretujados en su carne, experimentaba un sentimiento similar a la repulsión, aun cuando no sabía bien qué me repugnaba. La pequeña jugaba con su muñeca. Le hablaba, pero no como a una muñeca pelada, con el cráneo medio rubio y medio calvo. Quién sabe qué identidad le atribuía. Nani, le decía, Nanuccia, Nanicchia, Nennella. Era un juego cariñoso. La besaba con fuerza en el rostro, tan fuerte que casi parecía hinchar el plástico con un soplo de la boca de su cariño gaseoso, vibrante, con todo el amor del que era capaz. La besaba en el pecho desnudo, en la espalda, en el vientre, por todos lados, con la boca abierta como si fuera a comérsela.

Aparté la vista, no hay que mirar los juegos de los niños. Después volví a mirar. Nani era una muñeca sucia, vieja, tenía marcas de bolígrafo en la cara y el cuerpo. Sin embargo, en aquellos momentos desprendía una fuerza viva. Ahora era ella quien besaba a Elena con creciente frenesí. Le daba golpes decididos en las mejillas, apoyaba los labios de plástico sobre los de ella, le besaba el pecho delicado, el vientre un poco hinchado, le estrechaba la cabeza contra el vestidito verde. La niña se percató de que yo la observaba. Me sonrió con una mirada esmerilada y apretó fuerte, como si fuera un desafío, la cabeza de la muñeca entre las piernas, con las dos manos. Los niños hacen cosas así, ya se sabe, después se olvidan. Me levanté. El sol abrasaba, estaba muy sudada. No corría ni un soplo de brisa, en el horizonte empezaba a formarse una calina gris. Fui a bañarme.

En el agua, flotando perezosamente entre la multitud del domingo, vi a Nina y su marido, que no paraban de discutir. Ella se quejaba de algo, él escuchaba. Después el hombre pareció hartarse de la conversación, le dijo algo con claridad pero sin descomponerse, con serenidad. Debía de quererla mucho, pensé. La dejó en la orilla y fue a hablar con las personas que habían llegado el día anterior en la lancha. Sin duda eran el objeto de la disputa. Siempre pasaba lo mismo, lo sabía por experiencia: primero la fiesta, los amigos, los parientes, todos aquellos a los que queremos; luego las discusiones por el exceso de gente, viejos resentimientos que explotan. Nina no toleraba más a los huéspedes y su marido iba a despacharlos. Al cabo de un rato los hombres, las mujeres de ostentación grosera y los niños obesos abandonaron en desorden las sombrillas del clan, cargaron sus cosas en la lancha y el marido de Nina quiso ayudarlos personalmente, quizá para apresurar la partida. Se marcharon entre besos y abrazos como habían llegado, pero nadie fue a despedirse de Nina. Ella, por su parte, se alejó por la orilla con la cabeza gacha como si no soportara verlos ni un minuto más.

Nadé un trecho largo para dejar atrás la multitud del domingo. El agua del mar me tonificó la espalda, el dolor desapareció o me pareció que desaparecía. Me quedé en el agua un buen rato, hasta que vi que tenía las yemas arrugadas y comencé a temblar de frío. Mi madre, cuando me veía en ese estado, me sacaba del agua a gritos. Me veía castañetear los dientes y se enfurecía aún más, me empujaba, me cubría de la cabeza a los pies con una toalla y me frotaba con una energía, una violencia tales que yo no sabía si se debía a la preocupación por mi salud o a la rabia largamente incubada, una ferocidad que me laceraba la piel.

Extendí la toalla directamente sobre la arena ardiente y me tumbé. Cómo me gusta la arena caliente después de que el mar me haya helado el cuerpo. Miré hacia donde ante estaba Elena. Solo quedaba la muñeca, pero en una posición penosa, con los brazos abiertos, las piernas separadas, tendida sobre la espalda pero con la cabeza medio hundida en la arena. Se veían la nariz, un ojo, medio cráneo. Me adormilé por la tibieza, por la noche en vela.

10

Dormí un minuto, tal vez diez. Cuando desperté, me levanté aturdida. Vi que el cielo se había vuelto blanco, albayalde caliente. El aire estaba quieto, la gente había aumentado, había un barullo de música y de seres humanos. En esa masa dominical, como por una suerte de secreta llamada, la primera persona que vi fue Nina.

Algo le pasaba. Caminaba lentamente entre las sombrillas, insegura, gesticulaba con la boca. Volvió la cabeza hacia un lado, luego hacia el otro, casi de golpe, como un pájaro asustado. Se dijo algo a sí misma, desde donde me hallaba no podía oírla, después corrió hacia su marido, que estaba en una tumbona, bajo la sombrilla.

El hombre se puso en pie, miró alrededor. El viejo severo le tiró de un brazo, él se zafó, se acercó a Rosaria. Todos los familiares, grandes y pequeños, comenzaron a mirar alrededor como si fueran un único cuerpo, después se movieron, se dispersaron.

Empezaron los gritos: Elena, Lenuccia, Lena. Rosaria se encaminó a pasos cortos pero rápidos hacia el mar como si le urgiera darse un baño. Miré a Nina. Hacía movimientos insensatos, se tocaba la frente, echaba a andar hacia la derecha y bruscamente volvía sobre sus pasos en dirección a la izquierda. Era como si desde el fondo de las vísceras algo le estuviese sorbiendo la vida del rostro. La piel se le puso amarilla; los ojos, muy agitados, estaban enloquecidos de ansiedad. No encontraba a la niña, la había perdido.

Aparecerá, pensé, tengo experiencia en eso. Mi madre decía que de pequeña yo no hacía otra cosa que perderme. Un instante y desaparecía, había que correr al chiringuito y pedir que dijeran por los altavoces cómo era yo, que me llamaba tal y tal, y ella mientras tanto permanecía atenta junto a la caja. Yo no recordaba nada de esas desapariciones, guardaba otras cosas en la memoria. Temía que fuera mi madre la que se extraviara, vivía con la angustia de no volver a encontrarla. En cambio recordaba claramente la vez que perdí a Bianca. Corrí por la playa como Nina ahora, con Marta berreando en mis brazos. No sabía qué hacer, estaba sola con las dos niñas, mi marido se hallaba en el extranjero y no conocía a nadie. Un hijo es un torbellino de aflicciones. Me quedó grabado el recuerdo de que buscaba con la vista por todas partes excepto en el mar, no me atrevía ni siquiera a mirar el agua.

Advertí que Nina hacía lo mismo. Buscaba por todas partes pero daba la espalda al mar de un modo desesperado, y entonces sentí una repentina conmoción, me entraron ganas de llorar. A partir de ese momento no conseguí mantenerme al margen, me resultaba intolerable que la multitud de la playa no prestara la menor atención a la búsqueda frenética de los napolitanos. Hay vibraciones que ningún gráfico puede reproducir, un movimiento es luminoso, el otro negro. Ellos, que parecían tan autónomos, tan prepotentes, se me antojaron frágiles. Miré a Rosaria, la única que escrutaba el mar. Caminaba con su enorme barriga, a pasos veloces y breves, por la orilla. Me levanté, alcancé a Nina y le rocé el brazo. Ella se volvió de golpe con un movimiento de serpiente, gritó la has encontrado, me habló de tú como si nos conociéramos aunque jamás nos habíamos dirigido la palabra.

—Lleva puesto tu sombrero —le dije—, la encontraremos, la veremos fácilmente.

Me miró dubitativa, después hizo un gesto de asentimiento y corrió en dirección a su marido. Corría como una joven atleta en una competición, con buena o mala suerte.

Yo me encaminé en la dirección opuesta, a lo largo de la primera fila de sombrillas, a paso lento. Tenía la impresión de ser Elena, o Bianca cuando se perdió, pero quizá era solo yo misma de pequeña que estaba aflorando del olvido. La niña que se pierde entre la multitud de la playa no aprecia ningún cambio en las cosas y sin embargo ya no reconoce nada. Le falta orientación, algo que antes hacía reconocibles a los bañistas y las sombrillas. La niña cree estar exactamente donde estaba antes y sin embargo no sabe dónde está ahora. La niña mira alrededor con ojos asustados y ve que el mar es el mar, la playa es la playa, la gente es la gente, el vendedor de coco fresco sigue siendo el vendedor de coco fresco. No obstante, cada cosa o persona le resulta extraña y entonces llora. Al adulto desconocido que le pregunta qué pasa, por qué lloras, no le dice que se ha perdido, le dice que no encuentra a su mamá. Bianca lloraba cuando la encontraron, cuando me la trajeron. Yo también lloraba de felicidad, de alivio, pero al mismo tiempo gritaba de rabia —igual que mi madre— por el peso aplastante de la responsabilidad, por el vínculo que estrangula, y sacudía a mi primogénita con el brazo libre, exclamaba: me las pagarás, Bianca, verás cuando lleguemos a casa, no te alejes nunca más, nunca más.

Caminé un rato buscando entre los niños solos, en grupo, de la mano de adultos. Estaba nerviosa, sentía unas leves náuseas, pero no dejaba de prestar atención. Vi por fin el sombrero de paja, sentí que el corazón me daba un vuelco. Desde lejos parecía abandonado en la arena, pero debajo estaba Elena. Se hallaba sentada a un metro del agua, la gente pasaba a su lado sin hacerle el menor caso; lloraba, un flujo lento de lágrimas silenciosas. No me dijo que había perdido a su madre, me dijo que había perdido a la muñeca. Estaba desesperada.

La tomé en brazos, volví a paso rápido hacia el chiringuito. Me crucé con Rosaria, que me la arrancó con un furor entusiasta, gritó de alegría e hizo señas a su cuñada. Nina nos vio, vio a su hija, vino hacia nosotras. También acudió su marido, todos, algunos desde las dunas, otros desde el chiringuito, unos cuantos desde la orilla. Cada miembro de la familia quería besar, abrazar, tocar a Elena, aunque ella seguía desesperada, y saborear la satisfacción por el peligro ahuyentado.

Yo me retiré, volví a mi sombrilla, comencé a recoger mis cosas aunque no eran ni siquiera las dos de la tarde. No quería seguir oyendo el llanto de Elena. Vi que el grupo la festejaba, las mujeres se la quitaron a la madre y se la pasaban de mano en mano para tratar de calmarla, pero sin conseguirlo; la niña era inconsolable.

Nina vino hacia mí. Enseguida llegó también Rosaria, parecía orgullosa de haber sido la primera en establecer contacto conmigo, que había resultado tan decisiva.

—Quería darle las gracias —dijo Nina.

—Ha sido un buen susto.

—Creí que me moría.

—Mi hija se perdió también un domingo de agosto, hace casi veinte años, yo no veía nada, la angustia te ciega. En estos casos son casi más útiles los extraños.

—Menos mal que estaba usted —dijo Rosaria—, suceden tantas cosas feas.

Después su mirada debió de posarse en mi espalda, porque exclamó con un gesto de horror:

—Madre mía, qué le ha pasado ahí detrás, cómo ha sido.

—Una piña, en el pinar.

—Tiene mal aspecto; ¿no se ha puesto nada?

Quiso ir a buscar una pomada, dijo que era milagrosa. Nina y yo nos quedamos a solas, nos llegaban los gritos insistentes de la niña.

—No se calma —dije.

Nina sonrió.

—Es un mal día: la hemos encontrado a ella y hemos perdido la muñeca.

—La encontrarán.

—Claro, si no la encontramos se me pondrá enferma.

Noté una repentina sensación de frío en la espalda, Rosaria había vuelto silenciosamente y me estaba untando su crema.

—¿Qué tal?

—Bien, gracias.

Continuó con solícita dedicación. Cuando terminó me puse el vestido sobre el bañador y cogí la bolsa.

—Hasta mañana —dije. Quería irme cuanto antes.

—Verá como esta noche se le habrá pasado.

—Sí.

Miré por un instante a Elena, que se agitaba y retorcía en brazos de su padre, llamando alternativamente a la madre y a la muñeca.

—Vamos —dijo Rosario a su cuñada—, a ver si encontramos la muñeca, que no aguanto más esos gritos.

Nina me dirigió un gesto de despedida y corrió hacia su hija. Rosaria, por su parte, empezó a preguntar a niños y padres, rebuscando mientras tanto sin pedir permiso entre los juguetes amontonados bajo las sombrillas.

Remonté las dunas, me adentré en el pinar, pero me parecía oír todavía los gritos de la niña. Estaba confusa, me llevé una mano al pecho para calmar el corazón, que corría demasiado. La muñeca la tenía yo, estaba en mi bolso.

11

Me serené mientras conducía de vuelta a casa. Me di cuenta de que no conseguía recordar el momento preciso de una acción que ahora juzgaba ridícula, ridícula por su falta de sentido. Me sentía en la situación de quien se dice, entre asustada y divertida: mira tú lo que me ha pasado.

Debí de tener una de esas oleadas de pena que me daban desde pequeña, sin una razón evidente, por personas, animales, plantas, cosas. La explicación me complació, me pareció que aludía a algo intrínsecamente noble. Había sido un impulso de socorro, pensé. Nena, Nani, Nennella o como se llamara. La vi abandonada en la arena, desaliñada, con la cara medio cubierta como si estuviese a punto de asfixiarse, y la saqué. Una reacción infantil, nada especial, una nunca termina de hacerse mayor. Decidí que al día siguiente la devolvería. Iría a la playa muy temprano, la dejaría en la arena justo en el sitio en el que Elena la había abandonado, lo haría de modo que la encontrase ella misma. Jugaré un poco con la niña y después le diré: mira, aquí, excavemos. Me sentí casi contenta.

En casa saqué del bolso el traje de baño, las toallas y cremas, pero dejé la muñeca en el fondo para asegurarme de que al día siguiente no la olvidaría. Me duché, enjuagué el bañador, lo puse a secar. Me preparé una ensalada y comí en la terraza mirando al mar, la espuma alrededor de las lenguas de roca volcánica, las formaciones de nubes negras que empezaban a elevarse en el horizonte. Después tuve de golpe la sensación de haber hecho algo malo, sin intención, pero malo. Un gesto como los del sueño, cuando te das la vuelta en la cama y vuelcas la lámpara de la mesilla de noche. La pena no tiene nada que ver, pensé, no se ha tratado de un sentimiento generoso. Me sentí como una gota que resbala a lo largo de una hoja después de la lluvia, arrastrada por un movimiento límpidamente inevitable. Ahora intento encontrar justificaciones, pero no hay ninguna. Me siento confusa, los meses livianos quizá hayan terminado y temo que vuelvan pensamientos demasiado rápidos, imágenes vertiginosas. El mar se está convirtiendo en una franja violácea, se ha levantado viento. Qué cambiante es el tiempo, la temperatura ha descendido bruscamente. En la playa Elena estará llorando todavía, Nina está desesperada, Rosaria ha revuelto la arena milímetro a milímetro, el clan estará en guerra con todos los bañistas. Voló una servilleta de papel, recogí la mesa, por primera vez en muchos meses me sentí sola. Vi a lo lejos, en el mar, cortinas de lluvia oscura caer desde las nubes.

En cuestión de minutos el viento arreció, daba largos gemidos frotándose contra el edificio y metía en casa polvo, hojas secas, insectos muertos. Cerré la puerta de la terraza, cogí el bolso y me senté en el pequeño sofá frente a la vidriera. No conseguía mantener firmes ni siquiera las intenciones. Saqué la muñeca, la hice girar entre las manos con perplejidad. No tenía vestido, quién sabía dónde lo habría dejado Elena. Pesaba más de lo que había supuesto, debía de tener agua dentro. Los pocos cabellos rubios le salían del cráneo en pequeños mechones dispersos. Tenía las mejillas demasiado hinchadas, estúpidos ojos azules y labios pequeños con un círculo oscuro en el centro. El torso era largo, el vientre prominente, entre las piernas gordas y cortas se veía apenas una línea vertical que seguía sin solución de continuidad entre las grandes nalgas.

Me habría gustado vestirla. Tuve la idea de comprarle ropa, una sorpresa para Elena, casi una forma de resarcirla. Qué es una muñeca para una niña. Tuve una con hermoso cabello rizado, me ocupaba mucho de ella, nunca la perdí. Se llamaba Mina, *mammina*. *Mammuccia*, me vino a la cabeza, una palabra para decir muñeca que no se usa desde hace tiempo. Mi madre se prestaba muy poco a los juegos que yo quería hacer con su cuerpo. Enseguida se ponía nerviosa, no le gustaba hacer de muñeca. Reía, se apartaba, se enfadaba. Le molestaba que la peinase, le pusiera cintas, le lavase la cara o las orejas, la desvistiese y volviera a vestir.

A mí no. De mayor intenté tener presente el sufrimiento de no poder manipular el cabello, la cara, el cuerpo de mi madre. Por eso fui una paciente muñeca para Bianca en sus primeros años de vida. Mi hija me arrastraba debajo de la mesa de la cocina, era nuestra cabaña, me hacía acostarme. Recuerdo que yo estaba agotada: Marta no pegaba ojo de noche, solo dormía un poco durante el día, y Bianca iba siempre detrás de mí llena de demandas, no quería irse a la cama, y las veces que conseguía dejarla con alguien enfermaba complicándome aún más la existencia. Sin embargo, trataba de tener nervios de acero, quería ser una buena madre. Me tumbaba en el suelo, me dejaba cuidar como si estuviera enferma. Bianca me daba medicamentos, me lavaba los dientes, me peinaba. A veces me adormecía, pero ella era pequeña, no sabía usar el peine, cuando me tiraba del cabello me despertaba sobresaltada. Los ojos me lagrimeaban de dolor.

Estaba tan desolada en aquellos años. No conseguía estudiar, jugaba sin alegría, sentía mi cuerpo inanimado, sin deseos. Cuando Marta comenzaba a gritar en la otra habitación, para mí era casi como una liberación. Me levantaba interrumpiendo de mala manera los juegos de Blanca, pero me sentía inocente, no era yo quien me apartaba de mi hija, era mi niña pequeña la que me arrancaba del lado de la mayor. Tengo que ir a ver a Marta, enseguida vuelvo, espera. Ella empezaba a llorar.

En una época de sentimiento generalizado de inadecuación decidí darle Mina a Bianca; me pareció un buen gesto, una forma de calmar su envidia por la hermana pequeña. Por eso saqué la vieja muñeca de una caja de cartón que había encima del armario y le dije a Bianca: mira, se llama Mina, esta es la muñeca de mamá cuando era pequeña, te la regalo. Creía que iba a quererla, estaba segura de que le dedicaría la misma atención que me dedicaba a mí en sus juegos. Pero enseguida la dejó abandonada; Mina no le gustaba. Prefería una horrible muñeca de tela, con cabellos de lana amarilla, que le había regalado su padre al regresar de algún viaje. Aquello me afectó mucho.

Un día Bianca jugaba en el balcón, era un lugar que le gustaba mucho. Yo la dejaba ahí en cuanto empezaba la primavera, no tenía tiempo de llevarla de paseo, pero quería que tomara el aire y el sol, aunque desde la calle llegaran los ruidos del tráfico y un fuerte olor a humo de los tubos de escape. Hacía meses que no conseguía abrir un libro, estaba agotada y furiosa, el dinero no alcanzaba nunca, dormía muy poco. Encontré a Bianca sentada sobre Mina como si fuera una silla mientras jugaba con su muñeca. Le dije que se levantara, que no tenía que maltratar algo que pertenecía a mi infancia, era muy mala y desagradecida. Tal cual se lo dije: desagradecida, y grité, creo que grité que me había equivocado al regalársela, que era mi muñeca y me la quedaba.

Cuántas cosas se hacen y se dicen a los niños en el secreto de las casas. Bianca tenía un carácter gélido, siempre ha sido así, se tragaba la ansiedad y los sentimientos. Continuó sentada sobre Mina, solo dijo, recalcando las palabras como hace aún hoy cuando declara su voluntad como si fuese la última: no, es mía. Entonces le di un empujón, era una niña de tres años, pero en ese momento me pareció mayor, más fuerte que yo. Le arranqué a Mina y ella al fin mostró miedo en la mirada. Observé que le había quitado el vestido, incluso los zapatitos y calcetines, y la había ensuciado de la cabeza a los pies con sus rotuladores. Una injuria remediable, pero a mí me pareció sin remedio. Todo en aquellos años me parecía sin remedio, yo misma no tenía remedio. Lancé la muñeca por encima de la barandilla del balcón.

La vi volar hacia el asfalto y me embargó una alegría cruel. Mientras se precipitaba, me pareció un ser obsceno. Permanecí apoyada en la barandilla no sé durante cuánto tiempo, mirando los coches que le pasaban por encima y la destrozaban. Después me di cuenta de que también Bianca miraba, de rodillas, con la frente contra los barrotes del balcón. Entonces la tomé en brazos, ella se dejó coger con docilidad. La besé muchas veces, la apreté contra mí como si quisiera que volviese a formar parte de mi cuerpo. Me haces daño, mamá, me estás haciendo daño. Dejé la muñeca de Elena en el sofá, tumbada de espaldas, con la barriga al aire.

La tormenta se había trasladado rápidamente hacia tierra firme, violenta, con muchos rayos cegadores y truenos que parecían explosiones de coches cargados de dinamita. Corrí a cerrar las ventanas de la habitación antes de que se inundara todo, encendí la lámpara de la mesilla de noche. Me tumbé en la cama, arreglé los cojines contra el cabecero y me puse a trabajar de buena gana, llenando páginas de apuntes.

Leer y escribir ha sido siempre mi modo de apaciguarme.

12

Me rescató del trabajo una luz rosada, había parado de llover. Pasé un rato maquillándome y vistiéndome con esmero. Quería tener un aspecto de señora digna, perfectamente normal. Salí.

El paseo dominical era menos denso y ruidoso que el del sábado, la afluencia extraordinaria del fin de semana se iba dispersando. Caminé un rato por el paseo marítimo, después me dirigí hacia un restaurante junto al mercado cubierto. Me crucé con Gino, iba vestido de la misma forma que lo veía siempre en la playa, quizá volvía de allí. Me saludó con un gesto respetuoso, quería seguir adelante, pero yo me detuve y se vio obligado a pararse él también.

Necesitaba oír el sonido de mi voz, ponerla bajo control gracias a la voz de otro. Le pregunté por el temporal, qué había sucedido en la playa. Dijo que había habido un viento fuerte, una tormenta de lluvia y viento, que muchas sombrillas se habían volcado. La gente había corrido a refugiarse en la plataforma del chiringuito, en el bar, pero el barullo era excesivo, la mayoría se había resignado y la playa quedó vacía.

—Menos mal que usted se fue temprano.

—Me gustan las tormentas.

—Se le habrían estropeado los libros y cuadernos.

—¿Tu libro se mojó?

—Un poco.

—¿Qué estudias?

—Derecho.

—¿Cuánto te falta?

—Voy atrasado, he perdido el tiempo. ¿Usted da clases en la universidad?

—Sí.

—¿De qué?

—Literatura inglesa.

—Ya vi que sabe muchos idiomas.

Reí.

—No sé ninguno bien, yo también he perdido el tiempo. En la universidad trabajo doce horas al día y soy la criada de todos.

Paseamos un rato, me relajé. Hablé de esto y de aquello para hacer que se sintiera cómodo y mientras tanto me veía a mí misma como desde fuera, vestida de señora bien, él sucio de arena, en bañador, camiseta de tirantes y chancletas de playa. Me divertía, me sentía satisfecha, si Bianca y Marta me hubieran visto me habrían tomado el pelo durante años.

Tenía seguramente la misma edad que ellas: un hijo varón, cuerpo delgado y nervudo que cuidar. Así eran los jóvenes cuerpos masculinos que me gustaban cuando era adolescente, altos, delgados, muy morenos como los amigos de Marta, no bajitos, rubios, algo achaparrados y regordetes como los novios de Bianca, siempre un poco mayores que ella, con las venas azules como los ojos. Aun así quise a todos los primeros novios de mis hijas, los premiaba con un afecto exagerado. Quizá deseaba recompensarlos porque habían sabido reconocer su belleza, sus cualidades, y de ese modo les habían arrancado la angustia de ser feas, la certeza de carecer de fuerza para seducir. O bien los quería premiar porque me habían salvado providencialmente de sus arranques de malhumor, sus conflictos y sus quejas, y de mis intentos de aquietarlos: soy fea, estoy gorda; yo también me sentía fea y gorda a vuestra edad; no, tú no eras fea ni gorda, tú eras guapa; vosotras también sois guapas, no os dais cuenta de la forma en que os miran; no nos miran a nosotras, te miran a ti.

A quién iban dirigidas las miradas de deseo. Cuando Bianca tenía quince años y Marta trece, yo aún no había cumplido los cuarenta. Sus cuerpos de niña se formaron casi a la vez. Durante un tiempo seguí pensando que las miradas de los hombres en la calle se dirigían a mí, como sucedía desde hacía veinticinco años, era casi una costumbre recibirlas, sufrirlas. Después me di cuenta de que resbalaban obscenamente sobre mí para detenerse en ellas, y me alarmaba, me sentía complacida, me decía, en fin, con irónica melancolía: una etapa está a punto de concluir.

Sin embargo, empecé a dedicarme más atención a mí misma, como si quisiera retener el cuerpo al que estaba habituada, evitar que desapareciera. Cuando venían a casa los amigos de las chicas, me arreglaba para recibirlos. Apenas los veía cuando entraban, cuando se marchaban despidiéndose de mí azorados, pero yo estaba muy atenta a mi aspecto, a mis gestos. Bianca los metía en su habitación, Marta en la suya, me quedaba sola. Quería que mis hijas fueran amadas, no soportaba que no lo fueran, me aterrorizaba su posible infelicidad. Pero las ráfagas de sensualidad que ellas desprendían eran violentas, voraces, y me parecía que esa fuerza de atracción de sus cuerpos la hubieran sustraído del mío. Por eso estaba contenta cuando me decían entre risas que los muchachos opinaban que era una madre joven y atractiva. Me parecía que durante unos minutos nuestros tres organismos habían encontrado una armonía placentera.

Cierta vez traté a un amigo de Bianca con excesiva frivolidad quizá, un quinceañero algo torvo, casi mudo, de aspecto sucio y sufrido. Cuando se fue llamé a mi hija, se asomó a mi habitación, primero ella y después, por curiosidad, Marta.

—¿Le ha gustado la tarta a tu amigo?

—Sí.

—Debería haberle puesto chocolate, pero no me dio tiempo, la próxima vez será.

—Ha dicho que la próxima vez le harás una mamada.

—Bianca, ¿qué forma de hablar es esa?

—Eso ha dicho él.

—No ha dicho eso.

—Sí lo ha dicho.

Poco a poco cedí. Aprendí a estar presente solo si me lo pedían y a tener voz solo si me preguntaban algo. Era lo que me exigían y eso es lo que les di. En cambio, qué quería yo de ellas nunca lo supe, ni siquiera ahora lo sé.

Miré a Gino, pensé: le preguntaré si me acompaña a cenar. Pensé también: inventará una excusa, me dirá que no, qué le vamos a hacer. Pero al final solo dijo, tímidamente:

—Debería ducharme, ponerme algo.

—Estás bien así.

—Ni siquiera llevo encima la cartera.

—Invito yo.

Gino se esforzó en darme conversación durante toda la cena, intentó incluso hacerme reír, pero teníamos poco o nada en común. Sabía que debía entretenerme entre un bocado y el siguiente, sabía que debía evitar los silencios demasiado largos y lo hizo lo mejor que pudo, se lanzó por las sendas más diversas como un animal extraviado.

Tenía poco que decir acerca de sí mismo, así que trató de que hablara yo. Pero hacía preguntas secas y yo leía en su mirada que en verdad no le interesaban las respuestas. Aunque intentaba ayudarlo, no podía evitar que los temas de conversación se agotaran rápidamente.

Primero me preguntó en qué estaba trabajando, le dije que preparaba el curso del año siguiente.

—Sobre qué.

—«Olivia».

—¿Qué es?

—Un cuento.

—¿Es largo?

Le gustaban los exámenes breves, le desagradaban los profesores que te cargan de libros para estudiar con tal de aparentar que su examen es importante. Tenía los dientes muy blancos y grandes, la boca ancha. Los ojos pequeños, como incisiones. Gesticulaba mucho, se reía. No sabía nada de Olivia, nada de lo que a mí me apasionaba. Igual que mis hijas, que al crecer se habían mantenido cautelosamente lejos de mis intereses y habían cursado estudios científicos, física, como su padre.

Hablé un poco de ellas, las elogié mucho aunque con un tono irónico. Al final nos limitamos a las pocas cosas que teníamos en común: la playa, el chiringuito, su jefe, los bañistas. Me habló de los extranjeros, casi siempre amables, de los italianos, pretenciosos y arrogantes. Me habló con simpatía de los africanos, de las muchachas orientales que iban de sombrilla en sombrilla. Pero solo cuando empezó a hablar de Nina y su familia comprendí que yo estaba ahí, en ese restaurante, con él, sobre todo por eso.

Me contó lo de la muñeca, lo de la desaparición de la niña.

—Después de la tormenta miré por todas partes, estuve rastrillando la arena hasta hace apenas una hora, pero no la encontré.

—Aparecerá.

—Espero que sí, sobre todo por la madre. La niña la ha tomado con ella, como si fuera culpa suya.

Habló de Nina con admiración.

—Viene aquí de vacaciones desde que nació su hija. El marido alquila una casa sobre las dunas. Desde la playa no se ve. Está en el pinar, es un lugar bonito.

Dijo que era una chica preparada, que había acabado el bachillerato e incluso empezado una carrera universitaria.

—Es muy mona —dije.

—Sí, es guapa.

Habían conversado en alguna ocasión —comprendí— y ella le había dicho que quería retomar los estudios.

—Tiene solo un año más que yo.

—¿Veinticinco?

—Veintitrés, yo tengo veintidós.

—Igual que mi hija Marta.

Permaneció callado un momento, luego dijo de pronto, con una mirada sombría que lo afeó:

—¿Ha visto a su marido? ¿Usted hubiera dejado a su hija casarse con un hombre así?

—¿Qué es lo que no te gusta? —pregunté, irónica.

Meneó la cabeza, respondió muy serio:

—Nada. Ni él ni sus amigos, ni su familia. La hermana es insoportable.

—¿Rosaria, la señora embarazada?

—¿Señora, esa? Será mejor que lo dejemos estar. La admiré mucho ayer, cuando se negó a cambiarse de sombrilla. Pero no vuelva a hacer algo así.

—¿Por qué?

El chico se encogió de hombros, meneó la cabeza con un gesto de disgusto.

—Son mala gente.

13

Volví a casa cerca de la medianoche. Por fin habíamos descubierto un tema que nos interesaba a los dos y el tiempo pasó rápidamente. Supe por Gino que la mujer gorda y canosa era la madre de Nina. También me enteré de que el viejo ceñudo se llamaba Corrado y no era el padre de la muchacha, sino el marido de Rosaria. Fue como conversar acerca de una película que uno ha visto sin entender bien las relaciones entre los personajes, a veces ni siquiera los nombres, y cuando nos despedimos creía tener las ideas un poco más claras. En cambio poco pude averiguar acerca del marido de Nina; Gino dijo que se llamaba Toni, que llegaba los sábados y se iba los lunes por la mañana. Comprendí que lo detestaba, que no quería ni hablar de él. De todas formas yo tampoco sentía una gran curiosidad por ese hombre.

El muchacho esperó educadamente a que se cerrara la puerta a mi espalda y subí al tercer piso por la escalera poco iluminada. Mala gente, había dicho. Qué podían hacerme. Entré en el apartamento, encendí la luz y vi la muñeca tendida de espaldas en el sofá, los brazos hacia el techo, las piernas abiertas, la cara vuelta hacia mí. Los napolitanos habían registrado toda la playa para encontrarla, Gino había rastrillado la arena con tenacidad. Di vueltas por la casa, solo se oía el rumor de la nevera en la cocina, todo el pueblo parecía dormido. Al mirarme en el espejo del baño descubrí que tenía el rostro cansado, los ojos hinchados. Cogí una camiseta limpia y me dispuse a dormir, a pesar de que no tenía sueño.

La velada con Gino había sido agradable, pero sentí que algo me había dejado cierta sensación de incomodidad. Abrí la puerta de la terraza, entró un aire fresco, el cielo no tenía estrellas. Le gusta Nina, pensé, está claro. La idea, en lugar de conmoverme o divertirme, me provocó una punzada de enfado hacia la muchacha, como si ella, mostrándose cada día en la playa y atrayéndolo, me quitase algo.

Aparté a un lado la muñeca y me tumbé en el sofá. Si Gino hubiera conocido a Bianca y a Marta, me pregunté como de costumbre, a cuál de las dos habría preferido. Desde la primera adolescencia de mis hijas tenía la manía de compararlas con las chicas de su edad, sus amigas íntimas, las compañeras de escuela que eran consideradas guapas y tenían éxito. Las veía vagamente como rivales de las dos muchachas, como si al brillar con su desenvoltura, seducción, gracia o inteligencia les quitaran algo a ellas, y de alguna oscura manera también a mí. Me controlaba, usaba tonos amables, pero tendía a demostrarme para mis adentros que todas eran menos guapas que ellas o, si no, antipáticas, huecas, y enumeraba sus caprichos, sus estupideces, los defectos temporales de sus cuerpos en crecimiento. A veces, cuando veía a Bianca o a Marta sufrir porque se sentían opacas, no lo resistía e intervenía contra sus amigas demasiado extrovertidas, demasiado cautivadoras, demasiado zalameras.

Marta había tenido a los catorce años una compañera de escuela llamada Florinda. Aunque tenía la misma edad que mi hija, Florinda no era una niña, sino una mujer ya, y muy guapa. Con cada gesto suyo, cada sonrisa, veía cómo se ensombrecía mi hija y sufría al pensar que iban juntas al colegio, a las fiestas, de vacaciones; me parecía que mientras mi hija permaneciera en su compañía la vida siempre se le escaparía de las manos.

Por otra parte, Marta tenía en gran estima la amistad de Florinda, se sentía fuertemente atraída por ella, y separarlas me parecía una empresa difícil y arriesgada. Durante un tiempo traté de consolarla de esa humillación permanente hablando en términos generales, sin pronunciar nunca el nombre de Florinda. Le decía sin cesar: qué guapa eres, Marta, qué dulce, qué ojos más inteligentes tienes, te pareces a tu abuela, que era hermosísima. Palabras inútiles. Ella se creía no solo menos atractiva que su amiga, sino también que su hermana, que todas, y al oírme se deprimía aún más; decía que hablaba de esa forma porque era su madre, a veces murmuraba: no quiero oírte, mamá, tú no me ves como soy, déjame tranquila, dedícate a tus asuntos.

Sucedió entonces que, por consolarlas, empecé a sentirme yo misma cada vez más desconsolada. Pensaba: quién sabe cómo se reproduce la belleza. Recordaba muy bien que a la edad de Marta yo me había convencido de que mi madre, al concebirme, se había apartado de mí como cuando uno tiene un acceso de repulsión y aleja el plato con un gesto. Sospechaba que había comenzado a alejarse cuando aún me llevaba en su vientre, a pesar de que a medida que crecía todos me decían que me parecía a ella. Las semejanzas existían, pero malogradas. No me tranquilicé ni siquiera al descubrir que los hombres se interesaban por mí. Ella emanaba un calor muy vivo, yo en cambio me sentía fría como si tuviese las venas de metal. Quería ser como ella no solo en la imagen del espejo o en la inmovilidad de las fotos. Quería ser como ella por su capacidad de expandirse y evaporarse en la calle, en el metro y en el funicular, en las tiendas, bajo la mirada de los desconocidos. Ningún aparato de reproducción sabe captar ese vapor mágico. Ni siquiera el vientre embarazado sabe reproducirlo con precisión.

La cuestión es que Florinda tenía ese vapor. Cuando una tarde de lluvia ella y Marta volvieron de la escuela, las vi pasar por el pasillo, por el salón, con pesados zapatones en los pies, sin que les preocupara manchar el suelo de agua y barro, y después fueron a la cocina, cogieron una buena cantidad de galletas y se divirtieron rompiéndolas, tras lo cual fueron por toda la casa mordisqueándolas y dejando migas por todos lados, y sentí por esa espléndida adolescente tan desenvuelta una aversión irreprimible. Le dije: Florinda, ¿en tu casa también te comportas así? ¿Quién te crees que eres? Ahora, querida mía, te vas a poner a barrer y fregar toda la casa, y no saldrás de aquí hasta que hayas terminado. La chica pensó que lo decía en broma, pero cogí la escoba, el cubo, la fregona, y debía de tener una expresión horrible, porque se limitó a murmurar: también Marta ha ensuciado. Y Marta dijo: es verdad, mamá. Pero yo debí de pronunciar esas palabras duras con tan inequívoca firmeza que ambas callaron enseguida. Florinda fregó el suelo con un cuidado temeroso.

Mi hija se quedó mirando. Después se encerró en su habitación y no me habló durante el resto del día. Ella no es como Bianca: es frágil, se dobla al primer cambio de tono, se retira sin combatir. Florinda desapareció poco a poco de su vida; de vez en cuando yo le preguntaba cómo te va con tu amiga, y ella mascullaba algo vago o se encogía de hombros.

Aun así no desaparecieron mis preocupaciones. Observaba a mis hijas cuando estaban distraídas, sentía por ellas una compleja alternancia de simpatía y antipatía. Bianca, pensaba a veces, es antipática, y sufría por ello. Después me daba cuenta de que era muy apreciada, tenía amigas y amigos, y sentía que solo yo, su madre, la encontraba antipática, y tenía remordimientos. No me gustaba su risita despectiva. No me gustaba su manía de querer siempre más que los demás: en la mesa, por ejemplo, se servía más que el resto, no para comérselo, sino para asegurarse de que no se perdía nada, de que no la descuidaban o engañaban. No me gustaba su terco mutismo cuando sabía que se había equivocado pero se negaba a admitir el error.

Es igual que tú, me decía mi marido. Quizá fuera cierto que lo que me resultaba antipático de Bianca era solo el reflejo de la antipatía que sentía por mí misma. O tal vez no, no era tan fácil. Aunque reconocía en ambas chicas las que consideraba mis cualidades, percibía que algo no funcionaba. Tenía la impresión de que no sabían hacer un buen uso de ellas, que la mejor parte de mí resultaba en sus cuerpos un injerto equivocado, una parodia, y me enfurecía, me avergonzaba.

En realidad, pensándolo bien, quería mucho en mis hijas aquello que me resultaba extraño. De ellas —creía— me gustaban sobre todo los rasgos que derivaban del padre, incluso después de que el matrimonio hubiera terminado tempestuosamente. O los que se remontaban a los abuelos paternos, de los que nada sabía. O los que me parecían, en las combinaciones de los organismos, una invención caprichosa del azar. En definitiva, me sentía más cerca de ellas cuanto más ajena me resultaba la responsabilidad de sus cuerpos.

Pero esa extraña cercanía era infrecuente. Sus decepciones, dolores y conflictos volvían a imponerse continuamente, y me amargaba, me sentía culpable. Yo era siempre, de alguna manera, el origen y el desahogo de su sufrimiento. Me acusaban en silencio o a gritos. Se quejaban no solo de la mala distribución de los parecidos evidentes, sino también de los secretos, de aquellos de los que nos damos cuenta tarde, el vapor de los cuerpos precisamente, el vapor que aturde como un licor fuerte. Tonalidades apenas perceptibles de la voz. Un pequeño gesto, un modo de parpadear, una sonrisa-mueca. Los andares, un hombro que se inclina un poco hacia la izquierda, un movimiento gracioso de los brazos. La impalpable suma de movimientos mínimos que, combinados de una determinada manera, hacen que Bianca resulte seductora y Marta no, o al revés, y entonces causan orgullo o dolor. Incluso odio, porque la potencia de la madre parece que siempre se da de un modo injusto, incluso desde el nicho vivo del vientre.

Ya entonces, según mis hijas, me comporté mal. Traté a una como hija, a la otra como hijastra. A Bianca le hice un busto grande, Marta parece un muchacho, y no se da cuenta de que es muy guapa así, usa sujetadores con relleno, una artimaña que la humilla. Yo sufría viéndola sufrir. De joven tenía mucho pecho, después de su nacimiento ya no tengo. Has dado lo mejor de ti a Bianca, repite continuamente, y a mí lo peor. Marta es así, se defiende al considerarse defraudada.

Bianca, en cambio, ha luchado contra mí desde pequeña. Intentó sacarme el secreto de manifestaciones que a sus ojos resultaban maravillosas y mostrarme que a su vez era capaz de reproducirlas. Fue ella quien me reveló que pelo la fruta cuidando atentamente que el cuchillo corte sin romper la piel. Antes de que su admiración me lo hiciera descubrir no era consciente, no sé de quién lo aprendí, acaso es solo mi gusto por el trabajo ambicioso y tercamente preciso. Haz la serpiente, mamá, me decía, e insistía: pela la manzana haciendo la serpiente, por favor. Haciendo serpentinas, leí hace poco en un poema de Marìa Guerra que me gusta mucho. Bianca quedaba hipnotizada por las serpentinas de piel, era una de las tantas magias que me atribuía, ahora me conmuevo al pensarlo.

Una mañana se hizo una fea herida en un dedo por querer demostrar que ella también podía hacer la serpiente. Tenía cinco años y se desesperó, le salió sangre, muchas lágrimas de desilusión. Me asusté, grité, no la podía dejar ni un momento sola, nunca tenía tiempo para mí. En aquella época me sentía asfixiada, me parecía que me estaba traicionado a mí misma. Durante un buen rato me negué a besarle la herida, el beso que cura el dolor. Quería enseñarle que eso no se hace, es peligroso, solo lo sabe hacer mamá, que es mayor. Mamá.

Pobres seres salidos de mi vientre, solas ahora en la otra punta del mundo. Me puse la muñeca sobre las rodillas como para que me hiciera compañía. Por qué la había cogido. Custodiaba el amor de Nina y de Elena, su vínculo, la pasión recíproca. Era el testimonio resplandeciente de una maternidad serena. Me la llevé al pecho. Cuántas cosas desperdiciadas, perdidas, tenía a mi espalda, y sin embargo presentes, ahora, en un vértigo de imágenes. Sentí nítidamente el deseo de no devolver a Nani, aunque advertía el remordimiento, el miedo de tenerla conmigo. La besé en la cara, en la boca, la abracé fuerte, como había visto hacer a Elena. Emitió un gorgoteo que me pareció una frase hostil y lanzó un chorro de saliva oscura que me ensució los labios y la camiseta.

14

Dormí en el sofá, con la puerta de la terraza abierta, y me desperté tarde, con la cabeza pesada y los huesos doloridos. Eran más de las diez, llovía, un viento fuerte agitaba el mar. Busqué la muñeca pero no la vi. Sentí angustia, como si fuera posible que durante la noche la hubiera arrojado por la terraza. Miré alrededor, hurgué debajo del sofá, temí que alguien hubiera entrado en casa y la hubiera cogido. La encontré en la cocina, sentada sobre la mesa, en penumbra. Debía de haberla llevado allí cuando fui a aclararme la boca y la camiseta.

Nada de playa, hacía mal tiempo. El propósito de devolver ese día Nani a Elena me pareció no solo difícil, sino impracticable. Salí a desayunar, a comprar los diarios y algo para almorzar y cenar.

En el pueblo reinaba la animación típica de los días sin sol, los veraneantes hacían compras o paseaban perdiendo el tiempo. Encontré una juguetería en el paseo marítimo y me volvió a la cabeza la idea de comprar vestidos para la muñeca, al menos para el día que la tendría conmigo.

Entré con despreocupación, hablé con la dependienta, muy joven y servicial. Me mostró bragas, calcetines, zapatitos y un vestidito azul que me pareció de la medida adecuada. Estaba a punto de salir, apenas había metido el paquete en el bolso, cuando casi me llevé por delante a Corrado, el anciano de aire maligno, el que yo estaba convencida de que era el padre de Nina y en cambio era el marido de Rosaria. Iba vestido de punta en blanco, un traje azul, camisa muy blanca, corbata amarilla. No pareció reconocerme, pero detrás de él venía Rosaria con un pantalón de peto premamá de un verde desteñido; ella me reconoció de inmediato y exclamó:

—Señora Leda, ¿cómo está, todo bien, le ha hecho efecto la pomada?

Le di las gracias una vez más, dije que ya me había curado del todo, y entonces me di cuenta con placer, incluso con emoción, de que se acercaba también Nina.

La gente que acostumbramos a ver solamente en la playa nos causa un efecto sorprendente cuando nos la encontramos vestida de calle. Corrado y Rosaria me parecieron contraídos, rígidos, como si fueran de cartón. Nina me causó la impresión de una concha tiernamente coloreada que guardaba en el interior su humedad incolora y vigilante. La única con aspecto desaliñado era Elena, iba en brazos de la madre y se chupaba el pulgar. Aunque ella también llevaba un hermoso vestidito blanco, transmitía una sensación de desorden; debía de haberlo manchado hacía poco de helado de chocolate, el pulgar entre los labios tenía una aureola de saliva pegajosa, también marrón.

Miré a la niña con incomodidad. Tenía la cabeza apoyada sobre el hombro de Nina, la nariz le goteaba. Sentí los vestidos de muñeca en el bolso como si hubieran aumentado de peso y pensé: esta es la mejor ocasión, diré que Nani está en mi casa. Sin embargo, algo se retorció bruscamente dentro de mí y pregunté con fingida complicidad:

—¿Qué tal, pequeña? ¿Has encontrado la muñeca?

Ella tuvo una especie de estremecimiento de rabia, se sacó el pulgar de la boca y trató de golpearme con el puño. Lo esquivé y la niña escondió la cara en el cuello de su madre.

—Elena, eso no se hace, contesta a la señora —la riñó Nina nerviosamente—, dile que a Nani la encontraremos mañana, hoy vamos a comprar una más guapa.

Pero la niña negó con la cabeza y Rosaria masculló: que se pudra quien se la ha robado. Lo dijo como si hasta el ser que llevaba en su vientre estuviese furioso por semejante afrenta y por eso ella tuviera derecho a sentir resentimiento, un resentimiento incluso más fuerte que el de la propia Nina. Corrado hizo un gesto de desaprobación. Son cosas de niños, murmuró, les gusta un juguete, lo cogen y después les dicen a los padres que lo han encontrado por casualidad. De cerca no me pareció en absoluto un hombre viejo, y ciertamente no tan malvado como había creído al verlo de lejos.

—Los hijos de Carruno no son niños —dijo Rosaria.

—Lo hicieron a propósito, la madre los mandó para hacerme daño a mí —espetó Nina con un deje dialectal más fuerte que de costumbre.

—Tonino ha llamado, los niños no cogieron nada.

—Carruno miente.

—Aunque así fuera, haces mal en decirlo —la reprendió Corrado—; ¿qué haría tu marido si te oyera?

Nina miró el suelo con rabia. Rosaria negó con la cabeza y se dirigió a mí en busca de comprensión.

—Mi marido es demasiado bueno, usted no sabe las lágrimas que ha llorado esta pobre hija, le ha subido la fiebre, estamos furiosas.

Deduje confusamente que habían atribuido a los Carruno, la familia de la lancha probablemente, la desaparición de la muñeca. Les resultaba natural pensar que habían decidido hacerlos sufrir haciendo sufrir a la niña.

—La cría no respira bien, suénale la nariz, preciosa —dijo Rosaria a Elena, y al mismo tiempo pidió un kleenex pero sin palabras, con un gesto imperativo de la mano. Tiré de la cremallera de mi bolso, pero me detuve de golpe en medio de la acción, temí que pudieran ver mi compra, hacer preguntas. El marido le alcanzó enseguida uno de sus pañuelos, ella limpió la nariz de la pequeña, que se zafó y pataleó. Cerré la cremallera, comprobé que el bolso estuviera bien cerrado, miré con inquietud a la dependienta. Miedos estúpidos, me enfadé conmigo misma.

—¿Tiene mucha fiebre? —pregunté a Nina.

—Unas décimas —contestó—, no es nada. —Y, como para demostrarme que Elena estaba en buena forma, intentó con una sonrisa forzada ponerla en el suelo.

La niña se resistió con gran energía. Permaneció agarrada al cuello de la madre como si estuviera suspendida en el vacío, gritando, rechazando el suelo a cada leve contacto, pataleando. Nina quedó por un instante en una posición incómoda, doblada hacia delante, con las manos alrededor de la cintura de la niña, tirando para quitársela de encima, pero tratando al mismo tiempo de esquivar las patadas. Percibí que oscilaba entre la paciencia y el hartazgo, entre la comprensión y las ganas de llorar. Poco quedaba del idilio al que había asistido en la playa. Reconocí el desagrado de encontrarse bajo la mirada de desconocidos en tal situación. Era evidente que hacía rato que intentaba calmar a la niña sin conseguirlo, y estaba agotada. Al salir de casa había querido ocultar el enfado de la niña con un vestido precioso y bonitos zapatos. Ella misma llevaba un vestido elegante de color borra de vino, se había recogido el pelo y puesto pendientes que le rozaban las mandíbulas pronunciadas y oscilaban sobre el largo cuello. Quería ahuyentar la fealdad, darse tono. Había intentado verse en el espejo como era antes de traer al mundo ese organismo, antes de condenarse para siempre a agregarlo al suyo. Y con qué resultado.

En cualquier momento se pondrá a gritar, pensé, en cualquier momento le dará una bofetada, tratará de romper el vínculo de esa forma. Sin embargo el vínculo se volverá más fuerte, se robustecerá con el remordimiento, con la humillación de revelarse en público como una madre insensible, ni demasiado severa ni suficientemente cariñosa. Elena chilla, llora y tiene las piernas neuróticamente encogidas como si la entrada de la juguetería estuviera llena de serpientes. Una miniatura hecha de una materia irracionalmente animada. La niña no quería estar de pie, quería seguir en los brazos de su madre. Estaba asustada, presentía que Nina se había hartado, lo percibía por la forma en que se había arreglado para ir al pueblo, por el olor rebelde de la juventud, por la belleza ávida. Por eso se aferraba con fuerza a ella. La pérdida de la muñeca es una excusa, me dije. Elena temía ante todo que su madre la abandonara.

Quizá también Nina se dio cuenta, o simplemente no aguantó más. Masculló en un dialecto repentinamente vulgar: basta, y volvió a colocarse a la niña en los brazos con un tirón brutal, basta, no quiero oírte más, lo entiendes, no quiero oírte más, basta de caprichos, y le estiró con fuerza el vestido hacia delante, sobre las rodillas, un golpe limpio que hubiera querido ir al cuerpo, no al vestido. Después se turbó, volvió al italiano con una mueca de autodesaprobación, me dijo con tono forzado:

—Perdone, es que no sé qué hacer, me está atormentando. El padre se ha ido y ella la toma conmigo.

Rosaria le quitó a la niña de los brazos con un suspiro; ven con la tía, murmuró conmovida. Esta vez Elena, inesperadamente, no opuso resistencia, cedió enseguida, incluso le echó los brazos al cuello. Un desaire hacia la madre, o bien la certeza de que ese otro cuerpo —sin hijos pero a la espera de tenerlos; los niños quieren mucho a los no nacidos todavía y muy poco a los recién nacidos— era de pronto acogedor, la tendría entre las tetas grandes, apoyada sobre la barriga como en una silla, protegiéndola de los eventuales enfados de la madre mala, esa que no había sabido cuidar de su muñeca, esa que se la había perdido. Se aferró a Rosaria con un impulso de afecto exagerado, como diciendo pérfidamente: la tía es mejor que tú, mamá, la tía es más buena; si me tratas como me tratas, me refugiaré para siempre en ella y no te querré más.

—Eso, ve, así descanso un poco —dijo Nina con una mueca de contrariedad; tenía un velo de sudor sobre el labio superior. Después se volvió hacia mí—. Hay veces que no puedo más.

—Lo sé —dije para indicar que estaba de su parte.

Pero Rosaria se entrometió, murmuró apretando a la niña contra sí: lo que nos hacen sufrir esos, y le dio una serie de besos ruidosos al tiempo que murmuraba a Elena con voz llena de ternura: guapa, guapa, guapa. Quería entrar ya en el círculo de las madres. Creía haber esperado demasiado y haber aprendido todo de ese papel. Diría incluso que deseaba demostrar de repente, sobre todo a mí, que sabía tranquilizar a Elena mejor que su cuñada. Por eso precisamente la dejó en el suelo, sé buena, enséñales a mamá y a la señora Leda lo buena que eres. La niña no dijo nada, se quedó de pie a su lado chupándose el pulgar con expresión desesperada, mientras ella me preguntaba, satisfecha: ¿cómo eran sus hijas de pequeñas, como este tesoro? Entonces sentí un fuerte impulso de desconcertarla, de castigarla poniéndola en un aprieto.

—No me acuerdo —dije.

—No puede ser, de los hijos no se olvida nada.

Callé por un instante, después dije con toda tranquilidad:

—Me fui. Las abandoné cuando la mayor tenía seis años y la pequeña cuatro.

—Qué dice. ¿Y con quién se criaron?

—Con el padre.

—¿Y no ha vuelto a verlas?

—Las recuperé tres años más tarde.

—Vaya. ¿Y por qué se fue?

Sacudí la cabeza, no sabía el porqué.

—Estaba muy cansada —dije.

Después me volví hacia Nina, que me miraba como si me viera por primera vez.

—En ocasiones hay que huir para no morir. —Le sonreí, señalé a Elena—. No le compre nada, déjelo, no sirve. La muñeca aparecerá. Buenos días.

Hice un gesto al marido de Rosaria, que me pareció que había recuperado su máscara malvada, y salí de la tienda.

15

Me cabreé conmigo misma. Nunca hablaba de ese período de mi vida, no lo hacía con mis hijas, ni siquiera conmigo misma. Las veces que lo había intentado con Bianca y Marta, juntas o por separado, me habían escuchado con un silencio distraído, habían dicho que no recordaban nada, enseguida se ponían a hablar de otra cosa. Solo mi ex marido, antes de irse a trabajar a Canadá, había atribuido a ese episodio el origen de sus reproches y resentimientos; pero era un hombre inteligente y sensible, se avergonzaba él mismo de esa bajeza y enseguida dejaba el tema sin insistir. Con mayor motivo, pues, no entendía por qué había confesado algo tan íntimo a unos desconocidos, personas muy distintas de mí, que por lo tanto jamás comprenderían mis razones y que seguramente en ese mismo momento estaban criticándome. No lo soportaba, no conseguía perdonármelo, me sentía al descubierto.

Di vueltas por la plaza tratando de calmarme, pero el eco de las frases que había pronunciado, las expresiones y las palabras de reprobación de Rosaria, el brillo en las pupilas de Nina me lo impidieron e incluso aumentaron mi cólera contenida. Inútil decirse que no tenía importancia, quiénes eran esas dos, no volvería a verlas después de aquellas vacaciones. Me di cuenta de que ese argumento podía serme de ayuda para dar a Rosaria su justa dimensión, pero no me servía para Nina. Su mirada se había retirado de mí con un sobresalto, aunque sin soltarme: solo había retrocedido velozmente, como si buscase en el fondo de las pupilas un punto lejano desde el que mirarme sin peligro. Esa necesidad urgente de distancia me había herido.

Caminé distraída entre vendedores de todo tipo de artículos y entretanto la veía como a veces la había visto en aquellos días, de pie, de espaldas, mientras con movimientos lentos y precisos se ponía crema en las piernas jóvenes, en los brazos, en los hombros, y al final, con una torsión tensa, en la espalda, hasta donde le costaba llegar, tanto que en ocasiones había deseado decirle deja, lo hago yo, te ayudo, como recordaba haberlo hecho de pequeña con mi madre, o como había hecho a menudo con mis hijas. De pronto me di cuenta de que día tras día, sin quererlo, la hacía participar desde lejos, con sentimientos cambiantes y en ocasiones contrapuestos, en algo que no sabía descifrar pero que era intensamente mío. Quizá también por eso estaba furiosa. De manera instintiva había usado contra Rosaria un momento oscuro de mi vida y lo había hecho para sorprenderla, también en cierto sentido para asustarla, era una mujer que me parecía desagradable, pérfida. Pero en realidad hubiera querido hablar de esas mismas cosas solo con Nina, en otra ocasión, con calma, para ser comprendida.

Poco después volvió a llover y tuve que refugiarme en el edificio del mercado cubierto, entre olores intensos de pescado, albahaca, orégano y pimentón. Empujada por adultos y niños que llegaban corriendo, riendo, mojados por la lluvia, empecé a encontrarme mal. Los olores del mercado me daban náuseas, el ambiente me resultaba cada vez más sofocante, tenía mucho calor, sudaba, el fresco que llegaba a ráfagas del exterior, de la lluvia, me helaba el sudor sobre la piel, me notaba mareada. Logré hacerme un hueco en la entrada, rodeada de la gente que contemplaba cómo caía el agua en cascada y los niños que gritaban, alegremente aterrorizados por los rayos primero y los truenos después. Me situé prácticamente en el umbral para que solo el aire frío me embistiera y traté de controlar la tensión.

No había hecho nada tan terrible, después de todo. Años atrás era una muchacha que se sentía perdida, eso sí. Las esperanzas de la juventud parecían haberse esfumado, tenía la sensación de que me precipitaba hacia atrás, hacia mi madre, mi abuela, la cadena de las mujeres mudas o coléricas de las que descendía. Ocasiones fallidas. Las ambiciones todavía ardían, alimentadas por un cuerpo joven, por una fantasía que sumaba un proyecto al siguiente, sentía que mis inquietudes creativas se veían siempre frustradas por el realismo de los trapicheos de la universidad y de los oportunismos de una posible carrera. Me parecía que era prisionera dentro de mi propia cabeza, sin posibilidades de ponerme a prueba, y eso me exasperaba.

Había habido pequeños episodios alarmantes, gestos poco normales de desasosiego, no una revuelta destructiva contra los símbolos, sino algo más. Ahora son hechos que no tienen un antes y un después, llegan a mi mente en un orden que cambia cada vez. Una tarde de invierno, por ejemplo, estaba estudiando en la cocina y trabajaba desde hacía meses en un ensayo que, aunque breve, no conseguía terminar. Nada cuadraba, mi cabeza era una multiplicación de hipótesis, temía que el mismo profesor que me había animado a escribirlo no me ayudara a publicarlo, que me lo rechazara.

Marta jugaba debajo de la mesa, a mis pies, Bianca estaba sentada a mi lado, hacía como que leía y escribía imitando mis gestos, mis muecas. No sé qué pasó. Quizá me dijo algo y no respondí; quizá solo quería empezar uno de sus juegos siempre un poco violentos; lo cierto es que de pronto, mientras estaba distraída buscando palabras que nunca me parecían suficientemente coherentes y apropiadas, sentí una bofetada en la oreja.

No fue un golpe fuerte, Bianca tenía apenas cinco años, no podía hacerme mucho daño. Pero me sobresalté, noté un dolor agudo, fue como si una línea negra y cortante hubiese interrumpido con un golpe seco pensamientos mal encaminados y sin embargo muy alejados de la cocina donde estábamos, de la salsa para la cena que hervía en el fogón, del reloj que avanzaba consumiendo el exiguo lapso que podía dedicar a mi deseo de investigación, invención, reconocimiento, carrera profesional, dinero propio para gastar. Pegué a la niña sin pensarlo, en un abrir y cerrar de ojos, no fuerte, apenas con la punta de los dedos sobre la mejilla.

No vuelvas a hacerlo, le dije con un tono falsamente didáctico, y ella sonrió, intentó golpearme de nuevo, convencida de que se trataba de un juego. Pero yo me adelanté y le di otro cachete, un poco más fuerte, no te atrevas, Bianca, y ella lanzó una risa ronca esta vez, con una leve perplejidad en los ojos, y yo volví a golpearla, siempre con la punta de los dedos extendidos, una vez y otra, a mamá no se le pega, eso no se hace, y por fin comprendió que yo no estaba jugando y empezó a llorar desesperadamente.

Noto las lágrimas de la pequeña bajo los dedos, sigo pegándole. Lo hago despacio, controlando el gesto, pero a intervalos cada vez más breves, con decisión, no en un supuesto acto educativo, sino con verdadera violencia, contenida pero verdadera. Vete, le digo sin alzar la voz, vete, mamá tiene que trabajar, y la agarro del brazo con fuerza, la arrastro hacia el pasillo, ella llora, grita, pero todavía intenta golpearme, la dejo allí y cierro la puerta a mi espalda con un golpe decidido de la mano, no te quiero volver a ver.

La puerta tenía un gran vidrio esmerilado. No sé qué sucedió, quizá la empujé con demasiada energía, lo cierto es que se cerró con un ruido fuerte y el vidrio se hizo añicos. Bianca apareció con los ojos desorbitados, pequeña, al otro lado del rectángulo vacío; había dejado de gritar. La miré aterrorizada, adónde podía llegar, estaba espantada de mí misma. Ella permanecía inmóvil, indemne, las lágrimas rodaban por sus mejillas pero estaba muda. Procuro no pensar nunca en ese momento, en Marta tirándome de la falda, en la niña en el pasillo mirándome entre los vidrios rotos, pensar en eso me produce un sudor frío, me quita el aliento. Sudo incluso aquí, en la entrada del mercado, sofocada, y no consigo apaciguar las palpitaciones del corazón.

16

En cuanto amainó la lluvia, salí a la calle cubriéndome la cabeza con el bolso. No sabía adónde ir, sin duda no deseaba volver a casa. Qué son unas vacaciones en la playa cuando llueve: calles con charcos, ropa demasiado ligera, pies mojados y un calzado inadecuado. Al final la lluvia se volvió fina. Iba a cruzar la calle pero me detuve. En la acera de enfrente vi a Rosaria, Corrado y Nina con la niña en brazos, cubierta con una bufanda fina. Caminaban a buen paso, acababan de salir de la juguetería. Rosaria llevaba cogida por la cintura, como si fuera un fardo, una muñeca nueva que parecía una niña de verdad. No me vieron o fingieron no verme. Seguí a Nina con la mirada, esperando que se volviese.

El sol comenzó a filtrarse de nuevo por los pequeños desgarrones azules de las nubes. Subí a mi coche, lo puse en marcha, conduje en dirección al mar. Tenía en la mente relámpagos de rostros, de gestos, no de palabras. Aparecían, desaparecían, no tenían tiempo de fijarse en un pensamiento. Me toqué el pecho con dos dedos para apaciguar la taquicardia, lo hice como si de ese modo pudiera ralentizar también el coche. Me parecía que iba demasiado deprisa, aunque en realidad no superaba los sesenta. Nunca se sabe de dónde viene, cómo avanza, la velocidad del malestar. Estábamos en la playa, estaba Gianni, mi marido, un colega suyo llamado Matteo y Lucilla, su esposa, una mujer muy culta. No recuerdo a qué se dedicaba, solo sé que con frecuencia me ponía en aprietos con mis hijas. Por lo general se mostraba amable, comprensiva, no me criticaba, no era maligna. Pero no se resistía al deseo de seducir a mis hijas, de hacerse querer por ellas de manera exclusiva, de demostrarse a sí misma que tenía un corazón ingenuo y puro —eso decía— que palpitaba al unísono con el de ellas.

Igual que Rosaria. En estas cosas cuentan poco las diferencias de cultura o de clase. Las veces que Matteo y Lucilla venían a casa, o cuando hacíamos alguna escapada fuera de la ciudad o —como sucedió en ese caso— íbamos de vacaciones juntos, yo vivía nerviosa, mi infelicidad crecía. Mientras los hombres conversaban acerca de su trabajo o de fútbol o de lo que fuera, Lucilla nunca hablaba conmigo, yo no le interesaba. En cambio jugaba con las niñas, monopolizaba su atención, inventaba juegos a propósito para ellas y participaba en ellos fingiendo tener la misma edad que las crías.

La veía siempre en completa tensión hacia el objetivo que se había propuesto conquistar. Solo dejaba de dedicarse a las niñas cuando se habían rendido totalmente a ella, deseosas de pasar no una hora o dos sino el resto de su vida a su lado. Se hacía la niña de un modo que me resultaba insoportable. Había educado a mis hijas para que no pusieran voz de falsete ni hicieran muecas y Lucilla hacía un montón de muecas, era de esas mujeres que hablan adrede con la voz que los adultos atribuyen a los niños. Se expresaba con afectación y las inducía a hacer lo mismo, arrastrándolas a una especie de regresión que empezaba por lo verbal y poco a poco se extendía a todo el comportamiento. Los hábitos de autonomía, inculcados trabajosamente por mí a fin de conseguir un poco de tiempo para mis cosas, se desbarataban a los pocos minutos de su llegada. Aparecía y de inmediato representaba su papel de madre sensible, imaginativa, siempre alegre, siempre disponible: la buena madre. Maldita sea. Conducía sin evitar los charcos, incluso me metía en ellos a propósito haciendo saltar el agua.

Toda la rabia de entonces me estaba volviendo al corazón. Fácil, pensaba. Durante una hora o dos —un paseo, de vacaciones, de visita— era sencillo y placentero divertir a las niñas. Lucilla nunca se preocupaba por el después. Destruía mi disciplina y luego, una vez devastado el territorio que me pertenecía, se retiraba al suyo, se dedicaba a su marido, corría a su trabajo, a sus éxitos, de los que por otra parte no paraba de presumir con un tono de fingida modestia. Al final yo me quedaba sola, en servicio permanente, la mala madre. Me quedaba arreglando la casa desordenada, volviendo a imponer a las niñas la disciplina que ahora encontraban intolerable. La tía Lucilla ha dicho, la tía Lucilla nos ha dejado hacer. Maldita, maldita sea.

En algunas ocasiones, aunque infrecuentes y fugaces, saboreaba una pequeña y evanescente venganza. Sucedía, por ejemplo, que Lucilla llegaba en mal momento, cuando las dos hermanitas estaban concentradas en sus juegos, tan concentradas que los juegos de la tía Lucilla eran abiertamente rechazados o, si se imponían, las aburrían. Ella ponía al mal tiempo buena cara, pero por dentro se disgustaba. Yo advertía que le dolía como si en verdad fuese una amiguita excluida y, debo admitirlo, me alegraba, aunque no sabía cómo aprovecharme de eso, pues nunca he sabido cómo aprovechar una ventaja. Enseguida me ablandaba, quizá en el fondo temía que su afecto por las niñas pudiera atenuarse y eso me desagradaba. Así pues, tarde o temprano terminaba por decir, a modo de justificación: es que están acostumbradas a jugar solas, tienen sus manías, quizá son demasiado autosuficientes. Entonces se animaba, decía sí, comenzaba poco a poco a hablarme mal de mis hijas, a señalar defectos y problemas. Bianca era muy egoísta, Marta demasiado frágil, una tenía poca imaginación, la otra más de la cuenta, la mayor estaba peligrosamente encerrada en sí misma, la menor era caprichosa y malcriada. Yo la escuchaba, mientras mi pequeño desquite empezaba a cambiar de sentido. Notaba que Lucilla estaba recuperándose del rechazo de las niñas y buscando la manera de envilecerme, como si fuese su cómplice. Volvía a sufrir.

El daño que me causó en aquel período fue enorme. Ya fuera felicitándose a sí misma en los juegos, ya fuera amargándose cuando se sentía excluida, me hizo creer que me había equivocado en todo, que estaba demasiado pendiente de mí misma, que no estaba hecha para ser madre. Maldita, maldita, maldita sea. Seguramente debía de sentirme así aquella vez en la playa. Era una mañana de julio. Lucilla se había enseñoreado de Bianca y había apartado a Marta. Quizá la había excluido de los juegos porque era más pequeña, quizá porque la consideraba más tonta, quizá porque le daba menos satisfacciones, no lo sé. Seguramente le había dicho algo que la había hecho llorar y me había herido. Dejé a la pequeña sollozando bajo la sombrilla junto a Gianni y Matteo, enfrascados en su conversación, y cogí mi toalla, la extendí a pocos pasos del mar y me tumbé al sol, exasperada. Pero Marta se acercó, tenía dos años y medio, tres, llegó trotando para jugar y se tiró encima de mí, con la barriga sucia de arena. Detesto ensuciarme de arena, detesto que ensucien mis cosas. Grité a mi marido, ven enseguida a coger a la niña. Él acudió, percibió que tenía los nervios a flor de piel, temía mis malos humores porque sabía que eran incontrolables. Desde hacía un tiempo yo no distinguía entre zonas públicas y privadas, no me importaba que la gente me oyera y juzgara, advertía un fuerte deseo de representar mi rabia como si estuviera sobre un escenario. Cógela, le grité, no la soporto, y no sé por qué la tomé con Marta, pobre criatura, si Lucilla se había portado mal con ella debería haberla protegido, pero era como si diera crédito a las críticas de aquella mujer, me ponían furiosa y al mismo tiempo las creía, pensaba que la niña era de verdad tonta, que no paraba de quejarse, no la aguantaba más.

Gianni la cogió en brazos, me lanzó una mirada que me pedía calma. Yo le di la espalda furiosa, fui a zambullirme en el agua para quitarme de encima la arena y el calor. Cuando volví del mar vi que Gianni jugaba con Bianca y Marta junto a Lucilla. Reía, se acercó a ellos Matteo, Lucilla había cambiado de opinión, había decidido que ahora se podía jugar también con Marta, había decidido mostrarme que era posible.

Vi que la niña sonreía: sorbía por la nariz, pero estaba muy contenta. Un segundo, dos. Sentí que incubaba en el estómago una energía destructiva, me toqué una oreja por casualidad y descubrí que había perdido un pendiente. No eran de valor, me gustaban pero no tanto. Sin embargo comencé a agitarme, grité a mi marido he perdido un pendiente, miré en la toalla, no estaba, repetí la frase más fuerte, irrumpí como una furia en sus juegos, le dije a Marta: has visto, por tu culpa he perdido un pendiente, se lo dije con odio, como si fuese responsable de algo muy grave para mí, para mi vida, y después volví sobre mis pasos, removí la arena con el pie, con las manos, vino mi marido, vino Matteo, se pusieron a buscar. Solo Lucilla continuó jugando con las niñas, se mantuvo alejada y las mantuvo a ellas alejadas de mi descompostura.

Ya en casa, grité a mi marido, delante de Bianca y de Marta, que no quería volver a ver a esa cretina nunca más, y mi marido decía está bien, para que lo dejara tranquilo. Cuando lo abandoné, tuvo una relación con Lucilla. Tal vez esperaba que ella dejara a su marido, que se ocupara de las niñas. Pero Lucilla no hizo ni lo uno ni lo otro. Seguramente se enamoró de él, pero no rompió su matrimonio ni dedicó ninguna atención a Bianca y Marta. No sé cómo siguió su vida, si continúa con su marido, si se separó y se ha vuelto a casar, si ha tenido hijos. No sé nada de ella. Entonces éramos jóvenes, quién sabe cómo será ahora, qué piensa, qué hace.

17

Aparqué, atravesé el pinar, goteaba lluvia. Alcancé las dunas. El chiringuito estaba desierto, no vi a Gino, tampoco el encargado. Con la lluvia la playa se había vuelto una oscura costra ondulada contra la que golpeaba levemente la plancha blanquecina del mar. Fui hasta las sombrillas de los napolitanos, me detuve ante la de Nina y Elena, donde estaban, en parte amontonados bajo tumbonas y sillas, en parte metidos en una enorme bolsa de plástico, los muchos juguetes de la niña. La casualidad, pensé, o una llamada silenciosa debería empujar a Nina hasta aquí, sola. Sin la niña, sin nadie más. Saludarnos sin sorpresa. Abrir dos tumbonas, mirar el mar juntas, contarle con calma mi experiencia rozándonos de vez en cuando las manos.

Mis hijas se esfuerzan en todo momento por ser mi negativo. Son buenas, competentes, el padre las está dirigiendo por su mismo camino. Con determinación y miedo avanzan por el mundo como un torbellino, y seguro que lo harán mucho mejor que sus padres. Hace dos años, cuando presentí que se marcharían quizá para mucho tiempo, les escribí una larga carta en la que les contaba con detalle cómo había sido que las había abandonado. No quería explicar mis razones —¿cuáles?—, sino los impulsos que más de quince años antes me habían llevado lejos de ellas. Hice dos copias de la carta, una para cada una, y las dejé en sus habitaciones. No sucedió nada, nunca me contestaron, nunca me dijeron: hablemos. Solo una vez, ante una alusión mía con tintes algo amargos, Bianca soltó encaminándose hacia la puerta de casa: bendita tú, que tienes tiempo de escribir cartas.

Qué estupidez pensar que una pueda confesarse ante los hijos antes de que cumplan al menos cincuenta años. Pretender ser vista por ellos como una persona y no como una función. Decir: yo soy vuestra historia, vosotros salisteis de mí, escuchadme, podría serviros. En cambio yo no soy la historia de Nina, Nina podría verme incluso como un futuro. Elegir la compañía de la hija de otros. Buscarla, acercarse a ella.

Permanecí un rato allí plantada excavando con el pie hasta que encontré arena seca. Si hubiera traído la muñeca, pensé sin pena, habría podido sepultarla aquí, bajo la capa de arena húmeda. Habría sido perfecto, alguien la habría hallado al día siguiente. Elena no, me hubiera gustado que la encontrase Nina; me habría acercado, le habría dicho: ¿estás contenta? Pero no llevé la muñeca, no lo hice, ni siquiera lo pensé. Sin embargo le compré a Nani un vestido nuevo, zapatitos, otra acción sin sentido. O al menos yo no sé encontrarle un sentido, como a otras tantas pequeñas cosas de la vida. Llegué a la orilla, quería caminar un buen rato, cansarme.

Paseé largo rato, el bolso al hombro, las sandalias en la mano, los pies en el agua. Solo me crucé con alguna que otra pareja de enamorados. En el curso del primer año de vida de Marta descubrí que ya no amaba a mi marido. Un año duro, la pequeña no dormía nunca ni me dejaba dormir. El cansancio físico es una lente de aumento. Estaba demasiado cansada para estudiar, para pensar, para reír, para llorar, para amar a ese hombre demasiado inteligente, demasiado empecinadamente ocupado en su desafío con la vida, demasiado ausente. El amor requiere energías y a mí no me quedaban. Cuando él comenzaba con caricias y besos me ponía nerviosa, me sentía como un estímulo del que abusaba para su propio placer, que era un placer solitario.

En una ocasión vi muy de cerca qué significa el amor, la irresponsabilidad poderosa y feliz que exhala. Gianni es calabrés, nació en un pequeño pueblo de montaña donde conserva todavía una vieja casa de la familia. Nada del otro mundo, pero el aire es bueno y el paisaje hermoso. Hace años íbamos con las niñas allí por Navidad y Semana Santa. Hacíamos un agotador viaje en coche durante el cual él conducía en un silencio reconcentrado y yo debía reprimir los caprichos de Bianca y Marta (continuamente querían comer de todo, pedían juguetes que estaban en el maletero, les entraban ganas de hacer pipí cuando acababan de hacerlo) o intentaba distraerlas con canciones. Era primavera, pero el invierno se resistía. Caía aguanieve, estaba anocheciendo. De pronto vimos en el arcén a una pareja de autoestopistas muertos de frío.

Gianni se detuvo casi instintivamente, es un hombre generoso. Yo dije no hay sitio, están las niñas, dónde los metemos. Ellos se acercaron, eran ingleses, él un hombre de cabello entrecano, de unos cuarenta años, ella seguramente menor de treinta. Al principio me mostré hostil, taciturna, se me complicaba el viaje, tendría que esforzarme aún más para que las niñas se portaran bien. Habló sobre todo mi marido, le gustaba entablar relaciones, sobre todo con extranjeros. Era cordial, hacía preguntas sin caer en lugares comunes. Nos enteramos de que ambos habían dejado repentinamente sus trabajos (no recuerdo a qué se dedicaban), y también a sus familias: ella a un joven marido, él a su mujer y tres hijos. Desde hacía meses viajaban por Europa con muy poco dinero. El hombre dijo, serio: lo importante es estar juntos. Ella asintió, y en cierto momento se dirigió a mí con palabras de este tenor: desde pequeños nos vemos obligados a hacer tantas tonterías pensando que son fundamentales; lo que nos ha sucedido es lo único sensato que me ha ocurrido desde que nací.

A partir de ese momento me cayeron bien. Cuando íbamos a dejarlos, ya de noche, al borde de la autopista o en una estación de servicio semidesierta, puesto que nosotros debíamos dirigirnos hacia el interior, dije a mi marido: que vengan con nosotros, es de noche, hace frío, mañana los llevamos al peaje más cercano. Cenaron bajo la mirada intimidada de las niñas, abrí para ellos un viejo sofá cama. Tenía la impresión de que juntos, pero también por separado, irradiaban una energía que se expandía a ojos vista y me arrollaba entrándome en las venas, encendiéndome el cerebro. Empecé a hablar con excitación, me pareció que tenía montones de cosas que contar. Elogiaron mi dominio de la lengua, mi marido me presentó irónicamente como una extraordinaria estudiosa de la literatura inglesa contemporánea. Me defendí, aclaré a qué me dedicaba en particular, ambos se interesaron mucho por mi trabajo, ella en especial, cosa que nunca me sucedía.

Quedé cautivada por la mujer, se llamaba Brenda. Hablé con ella durante toda la noche, me imaginaba en su lugar, libre, de viaje, con un hombre desconocido al que deseaba en todo momento y por el que era deseada en todo momento. Todo suspendido. Ninguna rutina, ninguna sensación enojosa de lo previsible. Yo era yo, producía pensamientos no desviados por ninguna otra preocupación que el hilo embrollado de los deseos y de los sueños. Nadie me tenía atada a pesar del corte del cordón umbilical. Esa mañana, cuando se despidieron, Brenda, que sabía algo de italiano, me preguntó si tenía algo mío que pudiera dejarle para leer. Algo mío, saboreé las palabras: «algo mío». Le di una miserable separata de pocas hojas, un artículo publicado hacía dos años. Por fin se fueron, mi marido los llevó hasta la autopista.

Ordené la casa, deshice su cama con melancólica delicadeza mientras imaginaba a Brenda desnuda, percibiendo entre sus piernas una excitación líquida que era la mía. Soñé, por primera vez desde que me había casado —por primera vez desde el nacimiento de Bianca, de Marta—, que decía al hombre al que había amado, a mis hijas: debo irme. Me imaginé que me acompañaban a la autopista, los tres, y me despedía de ellos con la mano mientras se alejaban dejándome allí.

Una imagen que perduró. Durante mucho tiempo permanecí sentada en el guardarraíl como Brenda, cambiándome con ella. Uno o dos años, creo, antes de irme de verdad. Un tiempo opresivo. No creo que pensara nunca en dejar a mis hijas. Me parecía terrible, estúpidamente egoísta. Pensaba en cambio en abandonar a mi marido, buscaba el momento oportuno. Esperas, te cansas, vuelves a esperar. Algo pasará y entretanto te vuelves cada vez más intolerante, acaso peligrosa. No conseguía tranquilizarme, ni siquiera el cansancio me calmaba.

No sé cuánto rato estuve caminando. Miré el reloj, di media vuelta en dirección al chiringuito, me dolían los tobillos. El cielo estaba raso, el sol calentaba, la gente regresaba perezosamente a la playa, algunos vestidos, otros en bañador. Las sombrillas volvían a abrirse, el paseo a lo largo de la playa era una procesión interminable que festejaba el regreso de las vacaciones.

En cierto momento vi un grupo de niños que repartían algo entre los bañistas. Cuando llegué a su altura los reconocí, eran los groseros parientes de Nina. Entregaban octavillas como si fuera un juego, cada uno llevaba una buena cantidad en la mano. Uno me reconoció, dijo: a esta para qué vamos a darle una. Yo cogí la hoja de todas formas, seguí caminando, después le eché una ojeada. Nina y Rosaria habían hecho lo mismo que cuando se pierde un gato o un perro. En el centro del papel había una foto mala de Elena con su muñeca. Aparecía, grande, un número de móvil. En pocas líneas se explicaba, en un tono que pretendía ser conmovedor, que la niña estaba muy triste por la desaparición de su muñeca. Prometían una recompensa generosa a quien la encontrara. Doblé la octavilla con cuidado y la metí en el bolso junto al vestido nuevo de Nani.

18

Volví a casa después de cenar, aturdida por un vino de mala calidad. Pasé por delante del bar donde Giovanni tomaba el fresco con sus amigos. Al verme se puso en pie, me saludó con un gesto, levantó el vaso de vino a modo de invitación. No le respondí y no me pesó la descortesía.

Me sentía muy triste. Era una sensación de disolución, como si el viento hubiera soplado sobre mí, pequeño montón de polvo, durante todo el día, y ahora me encontrara suspendida en el aire sin una forma propia. Tiré el bolso sobre el sofá, no abrí la puerta de la terraza, no abrí la ventana del dormitorio. Entré en la cocina para tomar un poco de agua con unas gotas del somnífero que solo tomaba en las contadas ocasiones de malestar. Mientras bebía vi la muñeca sentada en la mesa y me acordé del vestido que tenía en el bolso. Sentí vergüenza. Agarré la muñeca por la cabeza, la llevé al salón y me dejé caer en el sofá colocándomela en el regazo panza abajo.

Resultaba graciosa con sus nalgas gruesas, la espalda recta. Veamos si la ropa te queda bien, dije en voz alta, con rabia. Saqué el vestidito, las bragas, los calcetines, los zapatos. Le probé el vestido apoyándolo sobre el cuerpo colocado boca abajo, era de su talla. Mañana irás directamente hasta Nina y le dirás: mira, la encontré anoche en el pinar y esta mañana le he comprado un vestido para que podáis jugar tú y tu hija. Suspiré con amargura, dejé todo en el sofá y me iba a levantar cuando me di cuenta de que a la muñeca le había salido más líquido oscuro por la boca y me había manchado la falda.

Le examiné los labios fruncidos en torno a un pequeño orificio. Los sentí blandos bajo los dedos, de un plástico menos rígido que el resto del cuerpo. Se los abrí con delicadeza. El agujero de la boca se agrandó y la muñeca sonrió, me mostró encías y dientecillos de leche. Le cerré rápidamente la boca con asco, la sacudí con fuerza. Oí el agua que tenía en la barriga, imaginé una podredumbre en el vientre, líquido encerrado, estancado, mezclado con arena. Son cosas vuestras, de madre e hija, pensé, no sé por qué me entrometo.

Dormí profundamente. Por la mañana metí en el bolso las cosas de la playa, libros, cuadernos, el vestidito, la muñeca y recorrí una vez más el camino hasta el mar. En el coche escuché un viejo recopilatorio de David Bowie, oí durante todo el trayecto la misma canción, «The man who sold the world», formaba parte de mi juventud. Atravesé el pinar, fresco y húmedo por la lluvia de la víspera. De vez en cuando, sobre los troncos, aparecía una hoja con la foto de Elena. Me entró la risa. Quizá el severo Corrado me daría una recompensa generosa.

Gino estuvo muy amable, me alegré de verlo. Ya había puesto la tumbona a secar al sol, me acompañó hasta la sombrilla insistiendo en llevarme el bolso, pero en ningún momento empleó un tono demasiado familiar. Un chico inteligente y discreto, había que ayudarlo, alentarlo para que terminara sus estudios. Me puse a leer, aunque distraídamente. También Gino, en su silla, sacó el manual y me dedicó una media sonrisa como para subrayar la afinidad.

Nina no había llegado aún, tampoco Elena. Estaban los niños que el día anterior repartían las octavillas, y poco a poco fueron llegando, con retraso y perezosamente, primos, hermanos, cuñados, la familia al completo. Por último —era casi mediodía— aparecieron Rosaria y Corrado, ella delante, en bañador, luciendo la barriga enorme de mujer embarazada que no se somete a ninguna dieta pero lleva de todos modos la panza con desenvoltura, sin alharacas, y él detrás, en camiseta, bañador, chancletas, el paso indolente.

Volví a sentirme agitada, con una leve taquicardia. Nina, estaba claro, no vendría a la playa, quizá la niña no se encontraba bien. Miré fijamente a Rosaria. Tenía un aire sombrío, no miró en ningún momento hacia donde yo estaba. Busqué entonces la mirada de Gino, tal vez él supiera algo, pero me di cuenta de que su silla de socorrista estaba vacía, el libro abandonado al lado.

Apenas observé que Rosaria dejaba la sombrilla y se encaminaba sola, a grandes pasos, hacia la orilla, me apresuré a alcanzarla. No se alegró de verme y no trató de disimularlo. A mis preguntas respondió con monosílabos, sin cordialidad.

—¿Cómo está Elena?

—Resfriada.

—¿Tiene fiebre?

—Un poco.

—¿Y Nina?

—Nina está con su hija, como debe ser.

—He visto la octavilla.

Hizo una mueca de disgusto.

—Le dije a mi hermano que era inútil, solo ganas de dar el coñazo.

Hablaba y traducía directamente del dialecto. Estuve a punto de decirle sí, es inútil, son ganas de dar el coñazo, la muñeca la tengo yo, ahora se la llevo a Elena. Pero su tono distante me disuadió, no quería decírselo a ella, no quería decírselo a nadie del clan. Aquel día no los veía como un espectáculo que contemplaba comparándolo melancólicamente con lo que recordaba de mi infancia en Nápoles; los veía como mi propio tiempo, mi vida pantanosa en la que por momentos resbalaba todavía. Eran clavados a la familia de la que me había apartado desde niña. No los aguantaba y sin embargo me tenían atrapada, los llevaba a todos dentro.

La existencia tiene a veces una geometría irónica. A partir de los trece o catorce años había aspirado al decoro burgués, a un buen italiano, a una vida culta y reflexiva. Veía Nápoles como una ola que me habría ahogado. No creía que la ciudad pudiera contener formas de vida distintas de las que había conocido de niña, violenta o sensualmente indolentes o de almibarada vulgaridad o enrocadas obtusamente en defensa de su propia degradación miserable. No buscaba siquiera esas posibles formas, ni en el pasado ni en un posible futuro. Me había ido como quien acaba de quemarse y gritando se arranca la piel chamuscada creyendo arrancarse aquello que le está quemando.

Cuando abandoné a mis hijas, mi mayor temor era que Gianni, por pereza, por venganza, por necesidad, terminara llevando a Bianca y Marta a Nápoles para dejarlas con mi madre y mi familia. Consumida por la angustia, pensaba: qué he hecho, yo huí, pero dejo que ellas vuelvan allí. Las niñas hubieran caído poco a poco en el pozo negro del que yo provenía, absorbiendo sus costumbres, la lengua, todos los rasgos que me había quitado de encima cuando me fui de la ciudad a los dieciocho años para estudiar en Florencia, un lugar lejano para mí, como si fuera otro país. Le dije a Gianni: haz lo que te parezca, pero te ruego que no las dejes con mi familia en Nápoles. Gianni me gritó que con sus hijas hacía lo que quería, que si me iba no tenía derecho a opinar. Cuidó bien de ellas, en efecto, pero cuando se vio superado por el trabajo u obligado a viajar al extranjero, las llevó sin dudarlo a casa de mi madre, al piso donde yo había nacido, donde había discutido ferozmente para poder emanciparme, y las dejó allí durante meses.

Me enteré, lo lamenté, pero no por eso volví atrás. Estaba lejos, tenía la impresión de ser otra persona, por fin la que en verdad era, y permití que las niñas se expusieran a las heridas de mi ciudad natal, las mismas que consideraba incurables para mí. Mi madre se portó bien, se ocupó de ellas hasta la extenuación, pero yo no le mostré gratitud, ni por eso ni por ninguna otra cosa. La rabia secreta que incubaba contra mí misma la alcanzó también a ella. Más tarde, en cuanto recuperé a mis hijas y me las llevé a Florencia, la acusé de haberlas marcado de mala manera, igual que me había marcado a mí. Acusaciones calumniosas. Ella se defendió, reaccionó con maldad, se disgustó mucho, quizá su muerte, poco después, se debió al veneno de su propio disgusto. Lo último que me dijo, poco antes de morir, fue, en un dialecto atropellado: tengo un poco 'e frío, Leda, y m'estoy cagando encima.

Cuántas cosas le solté que no debería siquiera haber pensado. Quería —ahora que había vuelto— que mis hijas dependieran solo de mí. A veces me parecía incluso que las había engendrado yo sola, de Gianni ya no recordaba nada, ningún rasgo físico íntimo, las piernas, el tórax, el sexo, el sabor, como si nunca nos hubiéramos rozado siquiera. Cuando más tarde se marchó a Canadá, esa impresión se consolidó; me parecía haber criado a las niñas yo sola, únicamente percibía en ellas la línea femenina de su ascendencia, para bien y para mal. Por eso creció la inquietud. Durante algún tiempo Bianca y Marta no iban bien en la escuela, era evidente que estaban desorientadas. Las perseguía, les insistía, las atormentaba. Decía: qué queréis hacer con vuestra vida, cómo vais a acabar, vais a volver atrás, degradaros, dar al traste con todos los esfuerzos que hemos hecho vuestro padre y yo, ser como vuestra abuela, que solo tiene el certificado de estudios primarios. A Bianca le murmuraba deprimida: he hablado con todos tus profesores, qué mal me has hecho quedar. Las veía descarrilar juntas, me parecían cada vez más pretenciosas e ignorantes.

Estaba convencida de que encallarían en los estudios, en todo, y hubo una época en que solo me sentía bien cuando sabía que estudiaban con cierta disciplina, empezaban a ir bien en la escuela, las sombras de las mujeres de mi familia se disipaban.

Pobre mamá. Bien mirado, ¿qué mal les había hecho a las niñas? Ninguno, un poco de dialecto. Gracias a ella hoy Bianca y Marta saben reproducir la entonación napolitana y algunas expresiones. Cuando están de buen humor se ríen de mí. Exageran mi acento, incluso por teléfono, desde Canadá. Imitan cruelmente el deje dialectal que surge en mi manera de pronunciar los idiomas, o ciertas formas napolitanas que uso italianizándolas. Dar el coñazo. Sonrío a Rosaria, busco algo que decir, finjo buenas maneras aunque ella no las tenga. Sí, mis hijas me humillan, sobre todo con el inglés, se avergüenzan de cómo lo hablo, lo he notado en las ocasiones en que viajamos juntas al extranjero. Sin embargo es la lengua de mi trabajo, creía hacer de ella un uso irreprochable. No obstante insisten en que no lo hablo bien, y tienen razón. De hecho, a pesar de mi empeño, no he llegado muy lejos. Si lo quisiera, en un instante podría volver a ser como esta mujer, Rosaria. Me costaría cierto esfuerzo, es verdad, mi madre sabía pasar sin solución de continuidad de la ficción de la bella señora pequeñoburguesa al borbotón amargo de su infelicidad. Yo tardaría algo más, pero lo haría. Mis hijas, en cambio, sí se han alejado. Pertenecen a otro tiempo, las he perdido en el futuro.

Sonrío de nuevo, azorada, pero Rosaria no me sonríe, la conversación se apaga. Oscilo entonces entre la aversión alarmada hacia esta mujer y una simpatía triste. Imagino que parirá sin abrir la boca, en dos horas se expulsará a sí misma y, al mismo tiempo, a otra como ella. Al día siguiente estará de pie, tendrá mucha leche, un río de leche sustanciosa, estará lista para volver a dar guerra, siempre vigilante y violenta. Me queda claro que no quiere que vea a su cuñada, la considera —imagino— una payasa que se cree fina, una melindrosa que cuando estaba embarazada no paraba de quejarse y vomitar. Nina es para ella blanda, líquida, expuesta a todo tipo de malas influencias, y a mí, después de las cosas desagradables que he confesado, ya no se me considera una buena compañera de playa. Por eso quiere protegerla de mí, tiene miedo de que le meta cosas raras en la cabeza. Vigila en nombre de su hermano, el hombre con el vientre cortado. Mala gente, me había dicho Gino. Permanecí un rato más con los pies en el agua; no sabía qué decir. Lo de ayer, lo de hoy, estaba imantando todas las épocas de mi vida. Volví a la sombrilla.

Pensé qué debía hacer, al final me decidí. Cogí el bolso, los zapatos, me até un pareo alrededor de la cintura y me alejé en dirección al pinar dejando sobre la tumbona mis libros y, colgado de los rayos de la sombrilla, el vestido.

Gino había dicho que los napolitanos vivían en una casa en las dunas, junto al pinar. Seguí la línea limítrofe entre agujas y arena, a la sombra, al sol. Al cabo de un rato vi la casa, una construcción pretenciosa de dos plantas entre cañas, adelfas y eucaliptos. Las cigarras eran ensordecedoras a esa hora.

Me adentré en el matorral, buscaba un sendero que llevara a la casa. Mientras tanto extraje la octavilla del bolso y marqué el número que estaba indicado. Deseaba que respondiera Nina, esperé. Mientras el teléfono llamaba en vano, oí el timbre quejumbroso de un móvil en el denso sotobosque, a mi derecha, y después la voz de Nina, que decía riendo: ah, basta, para ya, déjame contestar.

Interrumpí la llamada bruscamente, busqué con la mirada en la dirección en que me había llegado la voz. Vi a Nina con un vestido ligero de color claro, apoyada en un tronco. Gino la besaba. Ella parecía aceptar el beso, pero con los ojos abiertos, divertidos, alarmados, mientras le apartaba con suavidad la mano que buscaba el seno.

19

Me di un baño y me tumbé con la espalda al sol, la cara hundida entre los brazos. Desde el lugar en que me encontraba vi al chico volver, bajar de las dunas a zancadas, la cabeza gacha. Una vez en su sitio intentó leer, pero no pudo y se quedó mirando el mar. Sentí que el leve disgusto de la noche anterior se había transformado en hostilidad. Parecía tan correcto, me había acompañado durante horas, se había mostrado atento y sensible. Había dicho que temía las reacciones feroces de los parientes, del marido de Nina, me había puesto en guardia. Sin embargo él no se reprimía, se exponía a sí mismo, y la exponía a ella, a riesgos desconocidos. La tentaba, la atraía hacia él cuando era más frágil, aplastada por el peso de la hija. Del mismo modo que yo los había descubierto, podrían haber sido descubiertos por cualquiera. Me cabreé con los dos.

El hecho de sorprenderlos me había turbado, por así decirlo. Era una emoción confusa, sumaba lo visto a lo no visto, me causaba calor y un sudor frío. Su beso quemaba todavía, me calentaba el estómago, tenía en la boca un sabor de saliva tibia. No era una sensación adulta, sino infantil, me sentía como una niña temblorosa. Volvían fantasías muy lejanas, imágenes falsas, inventadas, como cuando de pequeña fantaseaba que mi madre salía de casa en secreto, de día y de noche, para encontrarse con sus amantes y sentía en mi cuerpo la alegría que ella experimentaba. Ahora me parecía que comenzaba a despertar una sustancia grumosa, que reposaba desde hacía años en el fondo de mi vientre.

Me levanté de la tumbona nerviosamente, recogí mis cosas a toda prisa. Estaba equivocada, me dije, la partida de Bianca y Marta no me ha sentado bien. Me había parecido que sí, pero no es así. Cuánto hace que no llamo, tengo que oírlas. Aislarse, encerrarse en la lectura no es bueno, es cruel hacia uno mismo y hacia los demás. Tengo que encontrar la manera de decírselo a Nina. Qué sentido tiene un coqueteo veraniego, como una adolescente, mientras su hija está enferma. Me había parecido tan extraordinaria cuando estaba junto a Elena, con la muñeca, bajo la sombrilla, al sol o en la orilla del mar. Me vino a la mente la idea de que había más potencia erótica en su relación con la muñeca, allí junto a Nina, que en todo el eros que experimentaría al crecer y al envejecer. Dejé la playa sin mirar ni una vez en dirección a Gino, a Rosaria.

Conduje hacia casa por la carretera comarcal desierta, la cabeza llena de imágenes y voces. Cuando regresé con mis hijas —hace ya mucho tiempo—, los días se volvieron pesados, el sexo una práctica esporádica y por eso serena, sin pretensiones. Los hombres, antes incluso del primer beso, me aclaraban con educada determinación que no tenían intención de dejar a la esposa, o que tenían costumbres de solteros y no querían abandonarlas, o que se eximían de asumir responsabilidades sobre mi vida y la de mis hijas. Nunca me quejé, me parecía previsible y por eso razonable. Había decidido que la época del frenesí estaba cerrada, tres años me habían bastado.

Pero la mañana que deshice la cama de Brenda y de su amante, cuando había abierto las ventanas para borrar su olor, me había parecido descubrir en mi organismo una necesidad de placer que no tenía nada que ver con el de las primeras relaciones sexuales a los dieciséis años, con el sexo incómodo e insatisfactorio junto a mi futuro marido, con las prácticas conyugales antes y sobre todo después del nacimiento de las niñas. Surgieron, a partir del encuentro con Brenda y su amante, esperanzas nuevas. Sentí por primera vez, como un empellón en el pecho, la necesidad de otra cosa, aunque no me gustó decírmelo; me parecía que eran pensamientos inadecuados a mi condición, a las ambiciones de una mujer culta y sensata.

Pasaron los días, las semanas, las huellas de aquellos enamorados se desvanecieron por completo. Aun así no me tranquilicé, creció en cambio una especie de desorden de las fantasías. Con mi marido callé, no intenté nunca modificar nuestros hábitos sexuales, ni siquiera la jerga erótica que habíamos elaborado a lo largo de los años. Pero estudiaba, hacía la compra, estaba en la cola para pagar un recibo, y me perdía de golpe en deseos que me inquietaban y a la vez me excitaban. Me avergonzaba, sobre todo cuando eso sucedía mientras me ocupaba de las niñas. Cantaba canciones con ellas, les leía cuentos antes de que se durmieran, ayudaba a Marta a comer, las bañaba, las vestía, y mientras tanto me sentía indigna, no sabía cómo apaciguarme.

Una mañana mi profesor me llamó desde la universidad, dijo que lo habían invitado a un congreso internacional sobre Forster. Me aconsejaba que yo también fuera, era la materia de la que me ocupaba, consideraba que sería muy útil para mi trabajo. Qué trabajo, si no estaba avanzando nada y, por otra parte, tampoco él había hecho demasiado por allanarme el camino. Le di las gracias. No tenía dinero, no tenía nada que ponerme, mi marido pasaba por un momento complicado, estaba muy atareado. Tras días y días de neurosis y depresión decidí no ir. El profesor pareció disgustado. Me dijo que estaba descuidando mi trabajo, me enfadé, durante un tiempo no volví a hablar con él. De repente un día me comunicó que había encontrado la manera de que no tuviera que pagar el viaje ni el alojamiento.

No podía negarme. Organicé cada minuto de los cuatro días que estaría ausente: comida ya preparada en la nevera, solidaridad de amigas felices de poder ayudar a un investigador un poco loco, una estudiante triste dispuesta a cuidar de las niñas en el caso de que el padre tuviera reuniones imprevistas. Partí dejando todo puntillosamente en orden, solo Marta estaba un poco resfriada.

El avión a Londres estaba lleno de académicos muy conocidos y jóvenes rivales míos por lo general más presentes y activos que yo en la carrera por conseguir un puesto. El profesor que me había invitado se mantenía aparte, pensativo. Era un hombre huraño, con dos hijos mayores, una mujer elegante y amable, mucha experiencia en la enseñanza, una vasta cultura; sin embargo, sufría ataques de pánico cada vez que debía hablar en público. Durante el vuelo no hizo otra cosa que revisar su ponencia y apenas llegamos al hotel me pidió que la leyera para saber qué me parecía. La leí, lo tranquilicé, le dije que era magnífica, esa era mi función; él se marchó rápidamente y no volví a verlo durante toda la primera mañana de trabajo. Solo apareció por la tarde, justo cuando le tocaba hablar. Recitó su texto con elegancia, en inglés, pero, como recibió alguna crítica, se disgustó, respondió con sequedad, se fue a su habitación y no salió ni siquiera para la cena. Me senté a una mesa con otros gregarios como yo, en silencio casi todo el rato.

No volví a verlo hasta el día siguiente; había una ponencia muy esperada, la del profesor Hardy, un estudioso muy apreciado de una universidad prestigiosa. Mi profesor ni siquiera me saludó, estaba con otros. Encontré sitio al fondo de la sala y abrí con diligencia mi cuaderno de notas. Apareció Hardy, un hombre de unos cincuenta años, bajo, delgado, con un rostro agradable y unos ojos extraordinariamente azules. Habló en un tono bajo y envolvente, al poco me sorprendí pensando si me gustaría dejarme tocar, acariciar, besar por él. Habló durante diez minutos e inesperadamente, como si la voz viniera del interior de mi propia alucinación erótica y no del micrófono a través del cual hablaba, le oí pronunciar mi nombre, mi apellido.

No daba crédito, pero el rubor me quemó. Él prosiguió, era un orador hábil, usaba el texto escrito como mera apoyatura, ahora estaba improvisando. Repitió mi apellido una, dos, tres veces. Vi que mis colegas de la universidad me buscaban por la sala con la mirada; temblaba, tenía las manos sudadas. También mi profesor se volvió hacia mí con aire estupefacto, intercambiamos miradas. El académico inglés estaba citando textualmente un pasaje de mi artículo, el único que había publicado hasta ese momento, el que le había dado a Brenda. Lo citaba con admiración, comentaba de manera concienzuda un pasaje, lo usaba para articular mejor su discurso. Salí de la sala en cuanto terminó su ponencia y comenzaron los aplausos.

Corrí a mi habitación, me sentía como si todos mis líquidos hirvieran bajo la piel, estaba henchida de orgullo. Llamé a Florencia, a mi marido. Le expliqué casi a gritos por teléfono eso increíble que acababa de pasarme. Él dijo sí, muy bien, estoy contento, y me anunció que Marta tenía varicela, estaba confirmado, el médico había dicho que no había duda. Colgué. La varicela de Marta buscó un espacio dentro de mí con la acostumbrada oleada de agitación, pero en lugar del vacío de los últimos años encontró un furor alegre, una impresión de poder, la confusión gozosa de triunfo intelectual y placer físico. Una varicela no es nada, pensé, Bianca también la había tenido, se pondría bien. Estaba abrumada por mí misma. Yo, yo, yo: esto soy, esto sé hacer, esto debo hacer.

Mi profesor me llamó a la habitación. No había ninguna confianza entre nosotros, era un hombre distante. Siempre hablaba con una voz ronca un poco irritada, nunca me había tenido mucha consideración. Se había resignado a mis presiones de licenciada ambiciosa, pero sin hacer ninguna promesa, por lo general descargando sobre mí los asuntos menos interesantes. Sin embargo, en esa ocasión me habló con dulzura, de una manera confusa, farfulló felicitaciones. Dijo atolondradamente: a partir de ahora tendrá que trabajar más, intente terminar enseguida su nuevo ensayo, una nueva publicación sería importante, informaré a Hardy de cómo estamos trabajando, seguro que querrá conocerla. Lo descarté, quién era yo. Insistió: claro que sí.

Durante la comida quiso que me sentara a su lado y enseguida me di cuenta, con una nueva oleada de placer, de que todo a mi alrededor había cambiado. De anónima ayudante, sin siquiera derecho a una breve comunicación científica al final de alguna jornada, me había convertido, en el curso de una hora, en una joven investigadora con una pequeña fama internacional. Los italianos vinieron uno a uno a felicitarme, jóvenes y ancianos. Después se acercó algún extranjero. Al fin entró en la sala Hardy, alguien le habló al oído, señaló la mesa en la que yo estaba. Él me miró por un instante, fue hacia su mesa, se detuvo, volvió atrás y vino a presentarse. A presentarse a mí, amablemente.

Luego mi profesor me dijo al oído: es un estudioso serio, pero trabaja mucho, está envejeciendo, se aburre. Y agregó: si usted fuera hombre, o poco atractiva, habría esperado en su mesa el debido homenaje y después la habría despedido con alguna frase fríamente cortés. Me pareció una maldad. Cuando hizo insinuaciones maliciosas en el sentido de que Hardy volvería a la carga por la noche, murmuré: quizá le intereso sobre todo porque he hecho una aportación importante. No respondió nada, murmuró un sí, y no hizo comentario alguno cuando le anuncié, fuera de mí de alegría, que el profesor Hardy me había invitado a sentarme a su mesa para la cena.

Cené con Hardy, me mostré animada y desenvuelta, bebí bastante. Después dimos un largo paseo y a la vuelta, eran las dos, me pidió que subiera a su habitación. Lo hizo con amabilidad jocosa, en voz baja, acepté. Siempre había visto las relaciones sexuales como algo en verdad muy viscoso, el contacto menos mediato posible con otro cuerpo. Sin embargo, a partir de esa experiencia me convencí de que son un producto extremo de la fantasía. Cuanto mayor es el placer, en mayor medida el otro no es más que un sueño, la reacción nocturna del vientre, los senos, la boca, el ano, cada centímetro de piel, a caricias y choques de una entidad indefinida pero definible según la necesidad del momento. Puse no sé qué en ese encuentro y me pareció que siempre había amado a aquel hombre —a pesar de que acababa de conocerlo— y que no deseaba a nadie más que a él.

A mi regreso Gianni me reprochó que en cuatro días solo hubiera llamado dos veces, sabiendo que Marta estaba enferma. Dije: he estado muy ocupada. Dije también que, después de lo que me había pasado, tendría que trabajar muchísimo para estar a la altura de la situación. Comencé a pasar en la universidad, provocadoramente, diez horas al día. Mi profesor se prodigaba con inesperada disponibilidad desde nuestro regreso a Florencia para que concretara pronto una nueva publicación y colaboraba activamente con Hardy para que fuese a trabajar por algún tiempo a su universidad. Entré en una fase de actividad sobreexcitada y afligida. Trabajaba mucho y sufría porque me parecía que no podía vivir sin Hardy. Le escribía largas cartas, lo llamaba. Si Gianni, en especial los fines de semana, estaba en casa, corría a un teléfono público arrastrando a Bianca y Marta para no levantar sospechas. Bianca escuchaba las llamadas y, aunque hablábamos en inglés, lo comprendía todo sin comprender, y yo lo sabía, pero no tenía donde agarrarme. Las niñas estaban allí conmigo, mudas y ausentes, no lo olvidaba, no lo olvidaba nunca. Sin embargo, irradiaba placer contra mi propia voluntad, susurraba frases afectuosas, respondía a las alusiones obscenas y hacía a mi vez alusiones obscenas. Solo tenía cuidado —cuando me tiraban de la falda, cuando decían que tenían hambre o que querían un helado o un globo del vendedor de globos que pasaba por ahí— de no gritar basta, me voy, no volveréis a verme más, exactamente como hacía mi madre cuando estaba desesperada. Ella nunca nos dejó, aunque lo anunciara a gritos; yo en cambio dejé a mis hijas casi sin anunciarlo.

Conducía como si no estuviera al volante, ni siquiera me fijé en la calle. Por las ventanillas entraba un viento tórrido. Aparqué debajo de casa, tenía a Bianca y Marta delante de los ojos, atemorizadas, pequeñas como eran dieciocho años atrás. Estaba ardiendo, me metí en la ducha. Agua fría. La dejo correr largo rato encima de mí, mirando la arena que resbala negra por las piernas, los pies, sobre el esmalte blanco del plato de ducha. El calor pasa casi enseguida. Me cae por el cuerpo el frío del ala torcida, *the chill of the crooked wing*. Secarse, vestirse. Había enseñado esa expresión de Auden a mis hijas, la usábamos como frase cómplice para indicar que un lugar no nos gustaba, que estábamos de mal humor o que simplemente era un feo día de invierno. Pobres hijas, obligadas a ser cultas incluso en el léxico familiar desde pequeñas. Cogí el bolso, lo llevé a la terraza al sol, volqué el contenido sobre la mesa. La muñeca cayó de costado, le dije algo como se hace con un gato o un perro, pero al oír mi voz me callé de inmediato. Decidí ocuparme de Nani para sentirme acompañada, para calmarme. Busqué alcohol, quería borrar las marcas de bolígrafo de la cara y el cuerpo. La froté con cuidado, pero no salieron del todo. Nani, ven aquí, guapa. Vamos a ponerte las braguitas, los calcetines, los zapatos. Vamos a ponerte el vestido. Qué elegante estás. Me sorprendió el sobrenombre que estaba usando. ¿Por qué, entre los muchos que Elena y Nina empleaban, había elegido precisamente ese? Miré mi cuaderno, los había apuntado todos: Neni, Nile, Nilotta, Nanicchia, Nanuccia, Nennella. Nani. Tienes agua en la barriga, amor mío. Guardas tu negrura líquida en el vientre. Estaba sentada al sol, junto a la mesa, secándome el pelo, que movía cada tanto con los dedos. El mar estaba verde.

Yo también escondía muchas cosas oscuras, en silencio. El remordimiento de la ingratitud, por ejemplo, Brenda. Fue ella quien le dio mi texto a Hardy, me lo contó él mismo. No sé cómo se conocían, no quise saber qué deudas tenía el uno con el otro. Hoy solo sé que mis páginas jamás hubieran obtenido atención sin Brenda. Pero entonces no se lo dije a nadie, ni siquiera a Gianni, ni siquiera a mi profesor, y sobre todo nunca intenté ponerme en contacto con ella. Es algo que solo admití en la carta a las niñas dos años antes y que ellas ni siquiera leyeron. Escribí: necesitaba creer que lo había hecho todo sola. Quería sentirme de manera cada vez más intensa yo misma, mis méritos, la autonomía de mis cualidades.

Entretanto me pasaban cosas sin parar, parecían la confirmación de lo que siempre había esperado. Era buena; no necesitaba fingir superioridad como hacía mi madre; era de verdad una criatura fuera de lo común. Por fin se había persuadido de ello mi profesor de Florencia. Se había persuadido el prestigioso y elegante profesor Hardy, que parecía el más convencido de todos. Viajé a Inglaterra, regresé, volví a irme. Mi marido estaba preocupado, qué estaba pasando. Dijo que no podía cumplir con su trabajo y hacerse cargo de las niñas. Le dije que lo abandonaba. No lo entendió, pensó en una depresión, buscó soluciones, llamó a mi madre, gritó que tenía que pensar en las niñas. Le dije que no podía vivir más con él, necesitaba averiguar quién era yo, cuáles eran mis posibilidades reales y otras frases por el estilo. No podía decirle que ya sabía todo de mí, tenía miles de ideas nuevas, estudiaba, amaba a otros hombres, me enamoraba de cualquiera que me dijese que era buena, inteligente, y me ayudara a ponerme a prueba. Se calmó. Por un momento intentó ser comprensivo, después intuyó que le mentía, se enojó, pasó a los insultos. En cierto momento gritó haz lo que te parezca, vete.

Nunca había creído de verdad que pudiese irme sin las niñas. Pero las dejé con él, estuve fuera dos meses, no llamé ni una vez. Él me acosaba desde lejos, me atormentaba. Cuando volví, lo hice solo para embalar definitivamente mis libros y apuntes.

En esa ocasión compré vestiditos para Bianca y Marta, se los llevé de regalo. Quisieron que las ayudara a ponérselos, se mostraban tiernas y dulces. Mi marido me llevó aparte con amabilidad, me dijo que volviéramos a intentarlo, se puso a llorar, dijo que me amaba. Dije que no. Discutimos, me encerré en la cocina. Después oí que llamaban delicadamente a la puerta. Entró Bianca, seria, seguida de la hermana, algo reacia. Bianca tomó una naranja del frutero, abrió un cajón, me dio un cuchillo. No comprendí, estaba demasiado absorbida por mi furia, no veía la hora de huir de allí, olvidarme de la casa y de todo. Nos haces la serpiente, dijo entonces ella, también en nombre de Marta, y Marta me dedicó una sonrisa de aliento. Se sentaron frente a mí a la espera, adoptaron posturas de mujercitas comedidas y elegantes, con sus vestiditos nuevos. De acuerdo, les dije, cogí la naranja, comencé a pelarla. Las niñas me miraban fijamente. Sentía que sus miradas querían amansarme, pero sentía aún con más fuerza el fulgor de la vida fuera de ellas, nuevos colores, nuevos cuerpos, nueva inteligencia, una lengua que por fin podía poseer como si fuese mi verdadera lengua, y nada, nada que me pareciese conciliable con aquel espacio doméstico desde el que ambas me miraban a la espera. Ah, volverlas invisibles, no sentir ya las exigencias de su carne como demandas más presentes, más poderosas que las mías. Terminé de pelar la naranja y me fui. En los tres años siguientes no volví a verlas ni a hablar con ellas.

20

Sonó el interfono, una violenta descarga eléctrica que llegó hasta la terraza.

Miré mecánicamente el reloj. Eran las dos de la tarde, no conocía a nadie en el pueblo que tuviera tanta confianza conmigo como para presentarse a esa hora. Gino, pensé. Sabía dónde vivía, quizá venía en busca de consejo.

El interfono sonó de nuevo, un sonido menos decidido, más breve. Dejé la terraza, fui a contestar.

—¿Quién es?

—Giovanni.

Suspiré, mejor él que esas palabras que me rondaban la cabeza sin desahogo, apreté el botón para abrir la puerta. Estaba descalza y busqué las sandalias, me abroché la camiseta, me alisé la falda, me arreglé el pelo todavía húmedo. Abrí apenas sonó el timbre. Lo vi ante mí atezado por el sol, el pelo muy blanco peinado con esmero, una camisa algo chillona, pantalones azules con una raya impecable, zapatos brillantes y un paquete en la mano.

—Solo le robaré un minuto.

—Entre.

—He visto el coche y me he dicho: la señora ya ha vuelto.

—Adelante.

—No quiero molestar, pero si le gusta el pescado, este está recién salido del mar.

Entró, me tendió el paquete. Cerré la puerta, cogí el regalo, esbocé una sonrisa forzada.

—Es muy amable —dije.

—¿Ya ha comido?

—No.

—Este se puede comer también crudo.

—Qué horror, yo no podría.

—Entonces frito, bien caliente.

—No sé limpiarlo.

Su timidez dio paso a una actitud bruscamente entrometida. Conocía la casa, fue directo a la cocina, se puso a eviscerar el pescado.

—No tardo nada —dijo—, dos minutos.

Lo miré con expresión irónica mientras con movimientos expertos extraía las entrañas de esas criaturas sin vida y después rascaba las escamas como para quitarles el brillo, los colores. Pensé que quizá sus amigos lo esperaban en el bar para saber si su empresa había tenido éxito. Pensé que había cometido el error de dejarlo entrar y que, si mi hipótesis era fundada, se entretendría de una manera u otra el tiempo necesario para dar verosimilitud a lo que después iba a contar. Los hombres tienen siempre algo patético, a cualquier edad. Una arrogancia frágil, una audacia temerosa. Ya no sé si me han inspirado amor alguna vez o solo han despertado en mí una afectuosa comprensión por su debilidad. Pasara lo que pasase, pensé, Giovanni iba a presumir de una erección prodigiosa con la forastera, sin fármaco alguno a pesar de la edad.

—¿Dónde está el aceite?

Se ocupó de la fritura con gran competencia, pronunciando palabras nerviosas como si el pensamiento fuera más veloz que la construcción de las frases. Elogió el pasado, cuando el mar ofrecía una pesca mucho más abundante y el pescado estaba realmente bueno. Habló de su mujer, muerta hacía tres años, y de los hijos. Dijo también:

—Mi primer hijo es bastante mayor que usted.

—No lo creo, soy vieja.

—De vieja, nada, tendrá cuarenta años como mucho.

—No.

—Cuarenta y dos, cuarenta y tres.

—Tengo cuarenta y ocho, Giovanni, y dos hijas mayores, una de veinticuatro y otra de veintidós.

—Mi hijo tiene cincuenta años, lo tuve a los diecinueve, y mi mujer tenía solo diecisiete.

—¿Tiene usted sesenta y nueve años?

—Sí, y tengo tres nietos.

—Los lleva bien.

—Todo es apariencia.

Abrí la única botella de vino que tenía, un tinto comprado en el supermercado, y comimos la fritura en la mesa baja del salón, sentados uno junto al otro en el sofá. El pescado resultó ser extraordinariamente bueno, empecé a hablar mucho, me sentí calmada por el sonido de mi voz. Hablé del trabajo, de mis hijas, sobre todo de ellas. Dije: nunca me han dado quebraderos de cabeza. Han sido buenas estudiantes, se licenciaron con las mejores notas, serán dos científicas excelentes, como el padre. Ahora viven en Canadá, una está allí para —digamos— perfeccionar sus estudios y la mayor por motivos de trabajo. Me siento satisfecha, he cumplido con mi deber de madre, las he mantenido alejadas de todos los peligros de hoy.

Hablaba y él escuchaba. Cada tanto contaba algo de su familia. El hijo mayor era aparejador, su mujer trabajaba en correos; la hija se había casado con un buen muchacho, era el dueño del quiosco de prensa de la plaza; el tercero era su cruz, no había querido estudiar, solo ganaba algo de dinero en verano, llevando a turistas de excursión en barca; la menor iba un poco atrasada con los estudios, había padecido una enfermedad grave, pero ya estaba a punto de licenciarse, sería la primera licenciada de la familia.

Me habló con gran dulzura de sus nietos, todos eran del hijo mayor, los demás no tenían hijos. Se creó un ambiente agradable, empecé a sentirme cómoda, una sensación de adhesión positiva a las cosas, el sabor del pescado —eran salmonetes—, el vaso de vino, la luz que irradiaba del mar y golpeaba contra las ventanas. Él hablaba de sus nietos, yo empecé a hablar de cuando mis hijas eran pequeñas. Una vez, hacía veinte años, en la nieve: cómo nos habíamos divertido Bianca y yo; ella tenía tres años, un mono rosa, el gorro ribeteado de piel blanca, las mejillas rojas; subíamos arrastrando un trineo hasta la cima de una pequeña colina, después Bianca se sentaba delante, yo detrás, la apretaba contra mí y nos tirábamos por la pendiente a toda velocidad, gritábamos ambas de alegría, y cuando llegábamos abajo el rosa del mono de la niña había desaparecido, y también el rojo de las mejillas, habían quedado por completo sepultados bajo una capa brillante de hielo, solo se veían sus ojos felices y la boca que decía: otra vez, mamá.

Mientras hablaba solo me venían a la mente momentos alegres, me embargaba una nostalgia nada triste, agradable, de sus pequeños cuerpos, de su querer sentirte, lamerte, besarte, abrazarte. Marta esperaba asomada a la ventana de casa, todos los días, a que regresara del trabajo y en cuanto me veía no había quien la retuviera, abría la puerta, corría escaleras abajo, un cuerpecito blando, ávido de mí, corría tanto que temía que se cayese, le hacía señas: despacio, no corras; tenía pocos años pero era ágil y segura, yo dejaba el bolso, me arrodillaba, le tendía los brazos y ella se precipitaba contra mi cuerpo como un proyectil, casi me hacía perder el equilibrio, la abrazaba, me abrazaba.

El tiempo pasa, dije, se lleva sus cuerpecillos, que solo permanecen en la memoria de los brazos. Crecen, te alcanzan en estatura, te superan. A los dieciséis años Marta ya era más alta que yo. Bianca es más baja, su cabeza me llega a la oreja. A veces se sientan en mi regazo como cuando eran pequeñas, me hablan a la vez, me acarician, me besan. Sospecho que Marta ha crecido preocupada por mí, tratando de protegerme como si ella fuera mayor y yo pequeña, ese esfuerzo debe de ser lo que la ha vuelto tan quejumbrosa, con un sentimiento tan fuerte de inadecuación. Pero son cosas de las que no estoy segura. Bianca, por ejemplo, es como su padre, poco expansiva, pero a veces me ha dado la impresión de que con sus frases secas, duras, órdenes más que peticiones, quiere reeducarme para mi bien. Ya se sabe cómo son los hijos, unas veces te aman colmándote de mimos, otras tratando de volver a construirte de la nada, reinventándote, como si pensaran que has crecido mal y hay que enseñarte cómo se está en el mundo, la música que tienes que oír, los libros que has de leer, las películas que debes ver, las palabras que debes usar y las que no porque están trasnochadas y ya nadie las usa.

—Creen saber más que nosotros —confirmó Giovanni.

—A veces es verdad —dije—, porque añaden a lo que les hemos enseñado lo que ellos aprenden por su cuenta, en su propio tiempo, que es distinto, ya no es el nuestro.

—Es peor.

—¿Usted cree?

—Los hemos malcriado, dicen.

—No sé.

—Cuando yo era niño, ¿qué tenía? Una pistola de madera. En la culata tenía clavada una pinza de las de tender ropa, en el cañón, una goma elástica. En la goma se ponía una piedrecilla como se hace con las hondas y se enganchaban en la pinza la piedra y la goma. Entonces la pistola estaba cargada. Cuando querías disparar, abrías la pinza y saltaba la piedra.

Lo miré con simpatía, estaba cambiando de opinión sobre él. Me parecía ahora un hombre sereno, ya no pensaba que hubiera subido para hacer creer a sus amigos que había algo entre nosotros. Solo buscaba un pequeño solaz para amortiguar el golpe de las desilusiones. Quería conversar con una mujer que venía de Florencia, tenía un buen coche, usaba ropa elegante como la que se veía en la televisión y estaba sola de vacaciones.

—Hoy tienen de todo, la gente se endeuda para comprar estupideces. Mi esposa no malgastaba un céntimo, en cambio las mujeres de ahora tiran el dinero por la ventana.

Ese modo de lamentarse del presente, del pasado cercano, e idealizar el pasado remoto no me molestaba, como suele suceder. Me parecía más bien una manera como tantas de convencerse de que existe siempre una delgada rama de nuestra vida a la que aferrarse para hacernos a la idea, suspendidos de ella, de la necesidad de precipitarse. Qué sentido tenía discutir con él, decirle: he formado parte de una oleada de mujeres nuevas, he intentado ser distinta de tu mujer, quizá también de tu hija, no me gusta tu pasado. Para qué ponerse a discutir, mejor esta monótona calma de los lugares comunes. En cierto momento dijo melancólicamente:

—Cuando los niños eran pequeños, mi mujer, para que se portaran bien, les daba un retal con un poco de azúcar dentro para que lo chuparan.

—La muñeca de tela.

—¿Usted la conoce?

—Mi abuela se la preparó una vez a mi hija pequeña, que lloraba sin parar y nunca sabíamos qué le pasaba.

—¿Lo ve? Ahora en cambio los llevan al médico, ponen en tratamiento a los padres y a los hijos, piensan que están enfermos los padres, las madres y los niños recién nacidos.

Mientras él seguía elogiando los tiempos pasados, me acordé de mi abuela. En aquella época debía de tener más o menos la edad de este hombre, creo, pero ella era menuda, encorvada, de la quinta de 1916. Yo había ido de visita a Nápoles con mis dos hijas, cansada como de costumbre, enfadada con mi marido, que tenía que acompañarme y en el último momento había decidido quedarse en Florencia. Marta berreaba, no había forma de encontrar su chupete, mi madre me reñía porque —decía— había acostumbrado a la niña a tener siempre ese chisme en la boca. Empezamos a discutir, estaba harta, me criticaba siempre. Entonces mi abuela cogió un trocito de esponja, lo cubrió de azúcar, lo puso dentro de una gasa, un velo de bombonera, creo, y ató una cinta alrededor. Creó así un ser minúsculo, un fantasma con un vestidito blanco que le ocultaba el cuerpo, los pies. Me tranquilicé como ante un hechizo. Marta, en brazos de su bisabuela, apretó entre los labios la cabecita blanca de ese duende y dejó de llorar. Incluso mi madre se calmó, se rió, dijo que su madre me hacía callar cuando de pequeña comenzaba a gritar y llorar al verla salir a ella de casa.

Sonreí aturdida por el vino, apoyé la cabeza sobre el hombro de Giovanni.

—¿Se encuentra mal? —me preguntó, turbado.

—No, estoy bien.

—Recuéstese un poco.

Me tumbé en el sofá, él permaneció sentado a mi lado.

—Enseguida se le pasará.

—No se me tiene que pasar nada, Giovanni, estoy muy bien —le dije con dulzura.

Miré más allá de los ventanales, en el cielo había una sola nube, blanca y sutil, y apenas despuntaban los ojos azules de Nani, que continuaba sentada en la mesa, la frente abombada, la cabeza medio calva. A Bianca le di el pecho, a Marta no, para nada, ella no se enganchaba, lloraba, y yo me desesperaba. Quería ser una buena madre, una madre irreprochable, pero el cuerpo se negaba. Pensaba a veces en las mujeres del pasado, derrotadas por los muchos hijos, en los ritos que las ayudaban a curar o matar a los pequeños más endemoniados: dejarlos una noche solos en el bosque, por ejemplo, o sumergirlos en una fuente de agua helada.

—¿Quiere que le prepare un café?

—No, gracias, quédese aquí, no se mueva.

Cerré los ojos. Recordé a Nina, con la espalda contra el tronco del árbol, pensé en su cuello largo, su pecho. Pensé en los pezones de los que había chupado Elena. Pensé en cómo abrazaba a la muñeca para mostrarle a la pequeña cómo se amamantaba un bebé. Pensé en la niña que imitaba la posición, el gesto. Sí, habían sido hermosos los primeros días de las vacaciones. Sentía la necesidad de esponjar ese placer para olvidar la angustia de los últimos días. A fin de cuentas, lo que más necesitamos es dulzura, aunque sea fingida. Abrí los ojos.

—Ha recuperado el color, antes estaba blanca como el papel.

—El mar a veces me cansa.

Giovanni se levantó, dijo con cautela señalando la terraza:

—Si me lo permite, voy a fumar un cigarrillo.

Salió a la terraza, encendió un cigarrillo, fui con él.

—¿Es suya? —me preguntó indicando la muñeca, pero como quien dice algo gracioso para ganar tiempo y darse tono.

Asentí con un gesto.

—Se llama Mina, es mi amuleto de la suerte.

Cogió la muñeca por el torso, pero enseguida la soltó.

—Tiene agua dentro.

No dije nada, no sabía qué decir.

Me miró con expresión circunspecta, como si por un instante lo hubiese alarmado algo de mí.

—¿Se ha enterado —me preguntó— de lo de esa pobre niña a la que le han robado la muñeca?

21

Me obligué a trabajar y lo hice durante gran parte de la noche. Desde la primera adolescencia he sido siempre muy disciplinada: expulso los pensamientos de la cabeza, adormezco los dolores y las humillaciones, dejo a un lado las preocupaciones.

Terminé a eso de las cuatro de la madrugada. Había vuelto el dolor en la espalda, ahí donde me había golpeado la piña. Dormí hasta las nueve, desayuné en la terraza, frente a un mar que temblaba con el viento. Nani se había quedado fuera, sentada en la mesa, tenía el vestido húmedo. Por una fracción de segundo tuve la impresión de que movía los labios y sacaba la punta rosa de la lengua como haciéndome burla.

No tenía ganas de ir a la playa, no quería salir de casa. Me agobiaba tener que pasar por delante del bar y ver a Giovanni charlando con sus coetáneos; sin embargo pensaba que era urgente resolver el problema de la muñeca. Miré a Nani con melancolía, le acaricié una mejilla. La pena de perderla no se había atenuado, incluso había aumentado. Estaba confusa, a ratos me parecía que Elena podía prescindir de ella, en cambio yo no. Por otra parte, había sido descuidada, había dejado entrar en casa a Giovanni sin esconderla antes. Pensé por primera vez en interrumpir las vacaciones, marcharme ese mismo día, al siguiente. Después me reí de mí, de los disparates a los que me estaba abandonando; planeaba huir como si hubiese secuestrado a una niña y no una muñeca. Quité la mesa, me lavé, me maquillé con esmero. Me puse un vestido bonito y salí.

En el pueblo había mercado. La plaza, el paseo, las calles y las callejuelas laterales eran un laberinto de puestos cerrado al tráfico, en tanto que en los límites del pueblo la circulación había aumentado como si fuese una metrópoli. Me perdí en medio de una multitud hecha sobre todo de mujeres que hurgaban entre las mercancías más variadas, ropa, chaquetas, abrigos, impermeables, gorros, zapatos, juguetes, utensilios domésticos de todo tipo, antigüedades verdaderas o falsas, plantas, quesos y embutidos, hortalizas, fruta, rústicas marinas, frascos milagrosos de herboristería. Me gustan los mercados, sobre todo los puestos de ropa usada y los que venden cosas y cosillas de moda. Compro de todo, vestidos viejos, camisolas, pantalones, pendientes, broches, adornos. Me detuve a hurgar entre las baratijas, un abrecartas de cristal, una vieja plancha, unos binóculos de teatro, un caballito de mar metálico, una cafetera napolitana. Estaba examinando un alfiler de sombrero con una aguja peligrosamente larga y puntiaguda y una preciosa cabeza de ámbar negro, cuando sonó el móvil. Mis hijas, pensé, aunque por la hora parecía improbable. Miré la pantalla, no aparecía el nombre de ninguna de las dos, el número sin embargo me resultó conocido. Respondí.

—¿La señora Leda?

—Sí.

—Soy la madre de la niña que perdió la muñeca, la que...

Me sorprendí, sentí angustia y placer, el corazón empezó a galoparme en el pecho.

—Hola, Nina.

—Quería saber si este era su número.

—Es el mío, sí.

—La vi ayer en el pinar.

—Yo también la vi.

—Quisiera hablar con usted.

—Está bien, dígame cuándo.

—Ahora.

—Ahora estoy en el pueblo, en el mercado.

—Lo sé, la estoy siguiendo desde hace diez minutos. Pero la pierdo, hay demasiada gente.

—Estoy junto a la fuente. Hay un puesto de cosas viejas, no me muevo de aquí.

Me apreté el pecho con dos dedos, quería calmar la taquicardia. Revolví objetos, examiné algunos, pero mecánicamente, sin interés. Nina apareció entre la multitud empujando a Elena en el cochecito. De vez en cuando se sujetaba con una mano el gran sombrero que le había regalado el marido para evitar que se lo llevara el viento de mar.

—Buenos días —dije a la niña, que tenía la mirada apagada y el chupete en la boca—, ¿se te ha pasado la fiebre?

Nina respondió por su hija:

—Está bien, pero no se resigna, quiere su muñeca.

Elena se sacó el chupete de la boca.

—Tiene que tomar su medicina —dijo.

—¿Nani está enferma?

—Tiene el niño en la barriga.

La miré confusa.

—¿Está enfermo su niño?

Intervino Nina un tanto turbada, riendo:

—Es un juego. Mi cuñada toma unas pastillas y ella hace como que se las da también a la muñeca.

—¿Nani también está embarazada?

—Ha decidido que las dos, la tía y la muñeca, esperan un hijo —dijo la muchacha—. ¿No es así, Elena?

Se le voló el sombrero, lo recogí. Llevaba el pelo peinado hacia atrás, de ese modo el rostro parecía más bello.

—Gracias, con el viento no se queda en su sitio.

—Espere —le dije.

Le puse el sombrero con cuidado y usé el largo alfiler con cabeza de ámbar para sujetárselo al cabello.

—Ya está, ahora no se le volará. Pero tenga cuidado con la niña, en casa desinféctelo bien, es fácil hacerse un buen rasguño con eso.

Pregunté al hombre del puesto cuánto costaba, Nina quería pagar, me opuse.

—Es una cosa de nada.

Después pasamos al tú, lo pedí yo, ella se resistió, dijo que le daba vergüenza, pero al final aceptó. Se lamentó del cansancio de aquellos días, la niña había estado intratable.

—Venga, pequeña, fuera ese chupete —dijo—, no demos una mala imagen a Leda.

Habló de la niña con cierta agitación. Dijo que Elena, desde que había perdido la muñeca, sufría una regresión, quería estar siempre en brazos o en el cochecito, y hasta había vuelto a usar chupete. Miró alrededor como si buscara un lugar más tranquilo, empujó el cochecito hacia los jardines. Resopló, estaba de verdad cansada, y recalcó el «cansada», quería que se entendiera que no se trataba solo de cansancio físico. De pronto rompió a reír, pero comprendí que no reía de alegría, que por dentro se sentía infeliz.

—Sé que me viste con Gino, pero no tienes que pensar mal.

—No pienso mal de nada ni de nadie.

—Sí, se nota enseguida. En cuanto te vi me dije: quisiera ser como esa señora.

—¿Qué tengo de especial?

—Eres guapa, fina, se ve que sabes muchas cosas.

—No sé nada.

Ella negó con energía.

—Tienes una manera de ser muy segura, no te da miedo nada. Me di cuenta cuando llegaste el primer día a la playa. Te miraba y esperaba que miraras en mi dirección, pero nunca lo hacías.

Paseamos un rato por los senderos del jardín, volvió a hablar del pinar, de Gino.

—Lo que viste no tiene ninguna importancia.

—No mientas.

—Es así, lo aparto de mí, y mantengo los labios cerrados. Solo quiero volver a ser un poco adolescente, pero jugando.

—¿Qué edad tenías cuando nació Elena?

—Diecinueve, Elena tiene casi tres años.

—Quizá fuiste madre demasiado pronto.

Negó con un gesto enérgico.

—Estoy contenta con Elena, estoy contenta con todo. Solo es culpa de estos días. Si encuentro a quien está haciendo sufrir a mi niña…

—¿Qué le harías? —solté con ironía.

—Solo yo lo sé.

Le acaricié levemente un brazo como para apaciguarla. Me pareció que adoptaba por obligación los tonos y las fórmulas de su familia, había acentuado incluso la entonación napolitana para ser más convincente, experimenté algo semejante a la ternura.

—Estoy bien —repitió varias veces, y me contó cómo se había enamorado de su marido, que había conocido en una discoteca a los dieciséis años. Él la quería, las adoraba a ella y su hija. De nuevo rió nerviosamente—. Dice que mis pechos son exactamente de la medida de su mano.

La frase me pareció vulgar.

—¿Y si te viera como te he visto yo? —pregunté.

Nina se puso seria.

—Me estrangula.

La miré, miré a la niña.

—¿Qué quieres de mí?

Negó con la cabeza, murmuró:

—No lo sé, hablar un poco. Cuando te veo en la playa pienso que quisiera estar todo el tiempo debajo de tu sombrilla, charlando. Pero te aburrirías enseguida, soy ignorante. Gino me ha dicho que eres profesora en la universidad. Me matriculé en filosofía y letras después del bachillerato, pero solo llegué a hacer dos exámenes.

—¿No trabajas?

Rió de nuevo.

—Trabaja mi marido.

—¿Qué hace?

Alejó la pregunta con un gesto huraño y un relámpago de hostilidad le atravesó la mirada.

—No quiero hablar de él —dijo—. Rosaria está haciendo las compras, de un momento a otro me llamará y entonces tendré que irme.

—¿No quiere que hables conmigo?

Hizo una mueca de rabia.

—Si fuera por ella, no haría nunca nada. —Calló un instante, después dijo, insegura—: ¿Te puedo hacer una pregunta íntima?

—Te escucho.

—¿Por qué dejaste a tus hijas?

Reflexioné, busqué una respuesta que pudiera ayudarla.

—Las quería demasiado y me parecía que el amor por ellas me impedía ser yo misma.

Observé que ya no se reía, ahora estaba atenta a cada una de mis palabras.

—¿No las viste ni una vez durante tres años?

Asentí con la cabeza.

—¿Y cómo te sentías sin ellas?

—Bien. Era como si todo en mí se derrumbara, y mis pedazos cayeran libremente desde todas partes con una sensación de alegría.

—¿No sentías dolor?

—No, estaba demasiado enfrascada en mi vida. Pero notaba un peso aquí, como un dolor de estómago. Y me daba la vuelta con el corazón en un puño cada vez que oía a un niño llamar a su mamá.

—Entonces estabas mal, no bien.

—Estaba como quien está conquistando su existencia y siente un montón de cosas a la vez, entre ellas una vacío insoportable.

Me miró con hostilidad.

—Si estabas bien, ¿por qué volviste?

Elegí las palabras con cuidado.

—Porque me di cuenta de que no era capaz de crear nada mío que pudiese equipararse a ellas.

Esbozó de pronto una sonrisa de alegría.

—Entonces volviste por amor a tus hijas.

—No, volví por el mismo motivo por el que me había ido: por amor a mí misma.

Se asombró de nuevo.

—¿Qué quieres decir?

—Que me sentía más inútil y desesperada sin ellas que con ellas.

Trató de escrutar mi interior con la mirada: en el pecho, detrás de la frente.

—Lo que buscabas… ¿lo encontraste y no te gustó?

Le sonreí.

—Nina, lo que buscaba era una maraña confusa de deseos y mucha presunción. Si hubiese tenido mala suerte habría tardado toda la vida en darme cuenta. En cambio fui afortunada y solo tardé tres años. Tres años y treinta y seis días.

Pareció insatisfecha.

—¿Cómo fue que decidiste volver?

—Una mañana descubrí que lo único que deseaba hacer de verdad era pelar una fruta haciendo serpentinas bajo la mirada de mis hijas, y entonces me puse a llorar.

—No lo entiendo.

—Si tenemos tiempo te lo explicaré.

Asintió con energía para darme a entender que no deseaba otra cosa que escucharme; en ese momento se percató de que Elena se había dormido y le quitó delicadamente el chupete, lo envolvió en un pañuelo de papel, lo metió en el bolso. Hizo una mueca graciosa para comunicarme la ternura que le inspiraba su hija. Reanudó la conversación.

—¿Y después de tu regreso?

—Me resigné a vivir poco para mí y mucho para las niñas; paso a paso fue dando resultado.

—Entonces se pasa —dijo.

—¿El qué?

Hizo un gesto para indicar mareo y también sensación de náusea.

—La confusión.

Me acordé de mi madre, dije:

—Mi madre usaba otra palabra, lo llamaba la trituración.

Reconoció el sentimiento en la palabra, su mirada era de niña asustada.

—Es verdad, se te hace añicos el corazón: no consigues soportarte a ti misma y tienes pensamientos que no puedes expresar.

Ella insistió, esta vez con la expresión dulce de quien busca una caricia:

—Entonces se pasa.

Pensé que ni Bianca ni Marta habían intentado nunca hacerme preguntas como las de Nina, con el tono apremiante que empleaba ella. Busqué las palabras justas para mentirle diciendo la verdad.

—Mi madre enfermó por eso. Pero eran otros tiempos. Hoy se puede vivir bien aunque no se pase.

La vi vacilante, estaba a punto de decir algo, se arrepintió. Percibí en su interior la necesidad de abrazarme, la misma que estaba sintiendo yo. Era una grata conmoción que se manifestaba como una urgencia de contacto.

—Tengo que irme —dijo, y me besó instintivamente en los labios con un beso ligero y cohibido.

Cuando se apartó vi, más allá de su hombro, en el fondo del jardín, entre los puestos y la multitud, a Rosaria y a su hermano, el marido de Nina.

22

Dije en voz baja:

—Están tu cuñada y tu marido.

Hubo un destello de sorpresa y enfado en sus ojos, pero no perdió la calma, no hizo siquiera ademán de darse la vuelta.

—¿Mi marido?

—Sí.

El dialecto se impuso, murmuró: qué carajo hace aquí el imbécil, tenía que llegar mañana por la noche, y giró el cochecito con cuidado de no despertar a la niña.

—¿Te puedo llamar? —me preguntó.

—Cuando quieras.

Agitó una mano alegremente en señal de saludo; el marido hizo lo mismo.

—Acompáñame —me dijo.

La acompañé. Los dos hermanos, parados en la entrada del paseo, por primera vez me sorprendieron por su parecido. La misma estatura, la misma cara ancha, el mismo cuello robusto, el mismo labio inferior pronunciado y grande. Pensé, asombrada de mí misma, que eran guapos: cuerpos sólidos, bien plantados en el asfalto de la calle como plantas acostumbradas a chupar hasta el más exiguo humor acuoso. Son buques robustos, me dije, nada puede detenerlos. Yo no, yo solo tengo rémoras. El miedo que me inspira esta gente desde la infancia, la repugnancia incluso, y también mi vanidad de tener un destino mejor, una sensibilidad mayor, me habían impedido admirar hasta ahora su determinación. Cuál es la ley que hace bella a Nina y a Rosaria no. Cuál es la ley que hace guapo a Gino y no a este marido amenazador. Miré a la mujer embarazada y me pareció verle, más allá del vientre fajado en un vestido amarillo, la hija que se estaba nutriendo de ella. Pensé en Elena, que dormía agotada en el cochecito, pensé en la muñeca. Quería irme a casa.

Nina besó al marido en la mejilla, dijo en dialecto: estoy muy contenta de que hayas venido antes, y cuando él ya se inclinaba a besar a la niña agregó: está dormida, no la despiertes, sabes que estos últimos días me ha martirizado, y después, señalándome con la mano: la señora, seguro que te acuerdas, es la que encontró a Lenuccia. El hombre besó con suavidad a la niña en la frente, está sudada, dijo, también en dialecto, ¿seguro que ya no tiene fiebre?, y mientras se levantaba —le vi la barriga abultando la camisa— se dirigió a mí con cordialidad, igualmente en dialecto: todavía está aquí, afortunada usted, que no tiene nada que hacer, y Rosaria enseguida añadió, seria pero manejando mejor las palabras: la señora trabaja, Tonì, la señora se aplica incluso cuando se baña, no como nosotros, que chapoteamos en el agua; que tenga un buen día, señora Leda. Y se fueron.

Vi que Nina metía un brazo por debajo del brazo del marido, se alejó sin volver la cabeza siquiera un instante. Hablaba, reía. Me pareció que la habían empujado de pronto —tan delgada como era, entre el marido y la cuñada— a una distancia mucho mayor que la que me separaba de mis hijas.

Fuera de la zona del mercado había un caos de coches, ríos deshilachados de adultos y niños que se alejaban de los puestos o afluían hacia ellos. Me metí por callejuelas desiertas. Subí por las escaleras hasta mi apartamento, recorriendo el último tramo con una sensación de apremio.

La muñeca estaba todavía sobre la mesa de la terraza, el sol le había secado el vestido. La desnudé con delicadeza, le quité todo. Recordé que Marta, de pequeña, tenía la costumbre de meter cosas en cualquier orificio que viese, como para esconderlas y asegurarse de volver a dar con ellas. Una vez encontré minúsculos trozos de espaguetis crudos en la radio. Llevé a Nani al baño, la sostuve por el pecho con una mano, cabeza abajo. La sacudí con fuerza, ella borbotó gotas oscuras de agua por la boca.

Qué habría metido Elena ahí dentro. Cuando me quedé embarazada por primera vez, me sentí muy feliz al saber que dentro de mí se estaba reproduciendo la vida. Quería hacerlo todo lo mejor posible. Las mujeres de mi familia se hinchaban, se dilataban. La criatura encerrada en su seno parecía una larga enfermedad que las cambiaba; ni siquiera después del parto volvían a ser las mismas. Yo en cambio quería un embarazo bien controlado. No era mi abuela (siete hijos), no era mi madre (cuatro hijos), no era mis tías, mis primas. Era distinta y rebelde. Quería llevar mi barriga hinchada con placer, gozando los nueve meses de espera, controlando y guiando y adaptando mi cuerpo a la gestación como había hecho tercamente con cada cosa de mi vida desde la primera adolescencia. Me imaginaba como una tesela fulgurante en el mosaico del futuro. Por eso me vigilaba y seguía a pie juntillas las indicaciones médicas. Conseguí mantenerme guapa durante todo el embarazo, elegante, activa y feliz. Le hablaba a la criatura que llevaba en el vientre, la hacía oír música, le leía en la lengua original los textos sobre los que estaba trabajando, se los traducía con un esfuerzo inventivo que me llenaba de orgullo. Lo que al cabo sería Bianca para mí era ya Bianca desde el principio, un ser perfecto, limpio de humores y sangre, humanizado, intelectualizado, sin nada que pudiese evocar la crueldad ciega de la materia viva en expansión. Incluso los largos y exacerbados dolores que tuve logré someterlos, planteándomelos como una prueba extrema a que debía afrontar con una buena preparación, conteniendo el terror, dejando de mí —ante todo a mí misma— un recuerdo digno.

Lo hice bien. Qué felicidad cuando Bianca salió de mí y la tuve unos segundos entre los brazos, y me di cuenta de que había sido el mayor placer de mi vida. Ahora miro a Nani vomitando cabeza abajo en el lavabo una lluvia marrón mezclada con arena y no consigo encontrar ningún parecido con mi primer embarazo, pues entonces hasta las náuseas fueron breves y contenidas. Pero después vino Marta. Ella agredió mi cuerpo obligándolo a revolverse sin control. Ella se manifestó desde el principio, no como Marta, sino como un pedazo de hierro al rojo vivo dentro del vientre. Mi organismo se transformó en un licor sanguíneo, con una borra fangosa en suspensión dentro de la cual crecía un pólipo violento, tan ajeno a toda humanidad que me reducía, mientras ella se nutría y crecía, a una sustancia sin vida. Nani escupiendo negro se parece a mí cuando me quedé embarazada por segunda vez.

Ya entonces era infeliz pero no lo sabía. Me parecía que la pequeña Bianca, después de su hermoso nacimiento, había cambiado bruscamente y tomado a traición todas mis energías, toda mi fuerza, toda mi capacidad de imaginación. Me parecía que mi marido, demasiado presa de su ansiedad productiva, no se daba cuenta siquiera de que su hija, al nacer, se había vuelto voraz, exigente, antipática como no me lo había parecido dentro de la barriga. Descubrí poco a poco que no tenía fuerza para hacer que la segunda experiencia resultara tan apasionante como la primera. Mi cabeza se precipitó dentro del resto de mi cuerpo: me parecía que no había prosa, verso, figura retórica, frase musical, secuencia de película o color capaz de domesticar a la bestia oscura que llevaba en mi seno. El verdadero fracaso fue para mí ese: la renuncia a cualquier sublimación del embarazo, la desestructuración del recuerdo feliz de la primera gestación y del primer parto.

Nani, Nani. La muñeca, impasible, seguía vomitando. Has echado en el lavabo todo tu limo, bien hecho. Le abrí los labios, agrandé con un dedo el orificio de la boca, le hice correr por dentro el agua del grifo y después la sacudí con fuerza para lavarle bien la cavidad hueca del tronco, del vientre, y hacer salir por fin el bebé que Elena le había metido. Juegos. Explicarles todo a las niñas desde la infancia: ellas se encargarán después de inventarse un mundo aceptable. Yo misma estaba jugando ahora, una madre no es más que una hija que juega, me ayudaba a reflexionar. Busqué las pinzas de las cejas, había algo en la boca de la muñeca que no quería salir. Volver a empezar desde aquí, pensé, desde esta cosa. Debería haber tenido en cuenta, desde niña, esta hinchazón rosácea, blanda, que ahora aprieto con el metal de las pinzas. Aceptarla por lo que es. Pobre criatura sin nada de humano. Aquí está el bebé que Lenuccia ha introducido en la barriga de la muñeca para jugar a que está embarazada como Rosaria. Lo sujeté delicadamente. Era una lombriz de mar, no sé cuál es el nombre científico; una de esas que los pescadores improvisados del crepúsculo buscan cavando un poco en la arena mojada, como hacían mis primos mayores hace ya cuarenta años en las playas de Garigliano y Gaeta. Los miraba entonces con una repugnancia encantada. Cogían las lombrices con los dedos y las clavaban en el anzuelo como cebo para los peces, que luego soltaban del metal con gesto experto y lanzaban a su espalda, dejándolos agonizar sobre la arena seca.

Con el pulgar mantenía abiertos los labios dóciles de Nani mientras maniobraba cuidadosamente con la pinza. Me produce terror todo lo que repta, pero por aquel grumo de humores experimenté una lástima desnuda.

23

Fui a la playa por la tarde. Observé a Nina a lo lejos, desde mi sombrilla, de nuevo con la curiosidad benévola de los primeros días de vacaciones. Estaba nerviosa, Elena no la dejaba un instante.

Al atardecer, cuando se preparaban para volver a casa y la niña aullaba que quería darse otro baño y Rosaria se entrometió ofreciéndose a llevarla al agua, Nina perdió los nervios y empezó a gritar a la cuñada en un dialecto duro, lleno de vulgaridad, que llamó la atención de toda la playa. Rosaria permaneció en silencio. Intervino Tonino, el marido de Nina, y la arrastró hacia la orilla agarrándola por un brazo. Era un hombre que parecía entrenado para no perder nunca la calma, ni siquiera cuando los gestos lo volvían violento. Habló a Nina con firmeza como en una película muda, de él no me llegó la voz. Ella mantenía la mirada fija en la arena, se tocaba los ojos con la punta de los dedos, de vez en cuando decía que no.

La situación se normalizó poco a poco y la familia desfiló por grupos hacia el pinar. Nina intercambiaba palabras frías con Rosaria, Rosaria llevaba en brazos a Elena y la besuqueaba de vez en cuando. Vi que Gino ordenaba las tumbonas, las sillas, los juguetes olvidados. Observé que recogía un pareo azul que había quedado colgado de una sombrilla y lo doblaba con un cuidado absorto. Un niño volvió atrás corriendo, le quitó bruscamente el pareo casi sin detenerse y desapareció hacia las dunas.

El tiempo se deslizó melancólicamente, llegó el fin de semana. La gran afluencia de bañistas comenzó el viernes, hacía calor. El gentío hizo aumentar la tensión de Nina. Vigilaba de manera obsesiva a la niña, saltaba con un impulso animal en cuanto la veía alejarse unos pasos. Intercambiamos en la orilla saludos rápidos, alguna palabra sobre la pequeña. Me arrodillé junto a Elena, le dije algo jugando, vi que tenía los ojos enrojecidos y picaduras de mosquito en una mejilla y en la frente. Rosaria acudió a poner los pies en el agua, pero ni siquiera me miró, yo la saludé y ella contestó con desgana.

En cierto momento de la mañana vi que Tonino, Elena y Nina tomaban un helado sentados en el chiringuito. Pasé a su lado para ir a la barra a pedir un café, pero me pareció que ni siquiera me veían, estaban demasiado absortos en la niña. Sin embargo, cuando iba a pagar, el encargado me dijo que no debía nada, Tonino le había indicado por señas que lo pusiera en su cuenta. Quise darle las gracias, pero ya habían salido del bar, estaban con Elena en la orilla aunque ahora le prestaban poca atención, discutían.

En cuanto a Gino, me bastaba con volver de vez en cuando la vista hacia él para sorprenderlo mirándolos a lo lejos mientras fingía estudiar. La playa estaba cada vez más llena, Nina se perdió entre los bañistas y el muchacho dejó a un lado el manual de su asignatura y comenzó a utilizar los prismáticos que tenía entre sus cosas, como si temiera que de un momento a otro fuera a producirse un maremoto. Yo pensaba no tanto en lo que veía con esos ojos potenciados por los lentes como en lo que imaginaba: la hora calurosa de la siesta, cuando la gran familia de los napolitanos se iría de la playa, como de costumbre; el lecho conyugal en la penumbra; Nina abrazada al cuerpo de su marido, los sudores.

La joven madre regresó a la playa hacia las cinco de la tarde, alegre, con su marido al lado y Elena en brazos, y Gino la miró desolado, después ocultó el rostro detrás de su libro. De vez en cuando se volvía hacia donde estaba yo, pero enseguida apartaba la vista. Los dos esperábamos lo mismo: que el fin de semana pasara rápido, la playa recuperara la tranquilidad, el marido de Nina se marchara y ella pudiera restablecer el contacto con nosotros.

Por la tarde fui al cine, una película cualquiera en una sala medio vacía. Ya con las luces apagadas, cuando la película estaba empezando, entró un grupo de muchachos. Comían palomitas ruidosamente, reían, se insultaban unos a otros, jugaban con los sonidos del móvil, gritaban obscenidades a las sombras de las actrices en la pantalla. No soporto que me molesten mientras veo una película, aunque sea mala. Por eso emití chistidos imperiosos y luego, dado que no paraban, me volví hacia ellos y les dije que si no se comportaban llamaría al acomodador. Eran los hijos de los napolitanos. Llama al acomodador, me espetaron, quizá era la primera vez que oían esa palabra. Uno me gritó en dialecto: llámale, zorra, llama a ese hijoputa. Me levanté y fui a la taquilla. Expliqué la situación a un hombre calvo de perezosa amabilidad. Me aseguró que él se haría cargo y volví a la sala entre las risillas de los chavales. El hombre llegó un instante después, apartó la cortina, se asomó. Silencio. Permaneció allí unos pocos minutos y se marchó. De inmediato se reanudó el bullicio, los otros espectadores callaban, me levanté y grité un poco histéricamente: salgo y llamo a la policía. Empezaron a cantar con voz de falsete: que viva, viva / la policía. Me fui.

Al día siguiente, sábado, la banda estaba en la playa, parecían esperar a que yo llegara. Reían, me señalaban, vi que algunos me miraban, murmuraban con Rosaria. Pensé en dirigirme al marido de Nina, pero la idea me avergonzó, me pareció que había entrado por un momento en la lógica del grupo. Hacia las dos, exasperada por el barullo y la música a todo volumen que venía del chiringuito, recogí mis cosas y me fui.

El pinar estaba desierto, de inmediato me sentí perseguida. Me vino bruscamente a la memoria la piña que me había golpeado en la espalda, apreté el paso. Las pisadas detrás de mí continuaron, fui presa del pánico y eché a correr. Me pareció que se intensificaban los ruidos, las voces, las risas sofocadas. El estruendo de las cigarras, el olor de la resina caliente ya no me gustaban, se me antojaban un cúmulo de tormentos. Dejé de correr, no porque se me hubiera pasado el miedo, sino por dignidad.

Cuando llegué a casa no me encontraba bien, tenía un sudor frío, después calor y una sensación de sofoco. Me tumbé en el sofá, y poco a poco me calmé. Traté de animarme, barrí la casa. La muñeca continuaba desnuda, cabeza abajo, en el lavabo; la vestí. Ya no le salía agua de la barriga, imaginé su vientre como una acequia seca. Poner orden, comprender. Pensé en cómo un acto opaco genera otros de una opacidad cada vez mayor, y entonces el problema reside en romper la cadena. Elena se alegraría de volver a ver su muñeca, me dije. O no, un niño nunca quiere solo aquello que pide, incluso una petición satisfecha hace aún más insoportable la carencia no confesada.

Me duché, me miré en el espejo mientras me secaba. Bruscamente cambió la impresión que había tenido de mí en los últimos meses. No me vi rejuvenecida, sino avejentada, demasiado flaca, un cuerpo tan enjuto que parecía sin espesor, vellos blancos en la negrura del sexo.

Salí, fui a la farmacia a pesarme. La balanza imprimió en un papel el peso y la altura. Resultó que era seis centímetros más baja y había adelgazado. Volví a pesarme y me dio una estatura todavía menor, y también menos kilos. Caminé desorientada. Entre mis fantasías más temidas estaba la idea de que pudiera empequeñecer, volver a la adolescencia, a la infancia, ser condenada a vivir de nuevo esas fases de mi vida. Había empezado a gustarme después de los dieciocho años, cuando dejé a mi familia, la ciudad, para estudiar en Florencia.

Caminé por el paseo marítimo hasta la noche comiendo coco fresco, almendras tostadas, avellanas. Los comercios se iluminaron, los jóvenes negros desplegaron en las aceras su mercancía, un tragafuegos comenzó a escupir largas llamas, un payaso reproducía formas de animales anudando globos de colores y había reunido a su alrededor un nutrido público infantil; la multitud del sábado por la noche crecía. Vi que en la plaza estaban preparando una fiesta con baile y esperé a que empezara.

Me gusta bailar y me gusta mirar a la gente que baila. La orquesta empezó con un tango, se animaron sobre todo las parejas de ancianos, sabían bailarlo. Vi a Giovanni entre los que bailaban, ejecutando los pasos y las figuras con tensión reconcentrada. Los espectadores aumentaron hasta formar un denso anillo alrededor de la plaza. También las parejas de bailarines se multiplicaron, la competencia disminuyó. Ahora bailaban personas de todas las edades, nietos gallardos con sus abuelos, padres con sus hijas de diez años, mujeres ancianas con mujeres ancianas, niños con niños, turistas con lugareños. De pronto me encontré con Giovanni frente a mí, me invitó a bailar.

Dejé el bolso a una señora mayor, conocida suya, y bailamos, un vals según creo. A partir de ese momento no paramos. Habló del calor, del cielo estrellado, de la luna llena y de lo buenos que estaban los mejillones en esa época. Me sentí mejor. Estaba sudado, tenso, pero no dejaba de invitarme, se comportaba en verdad con gentileza, y yo aceptaba, me estaba divirtiendo. Solo me dejó, disculpándose, cuando apareció entre el gentío, en un extremo de la plaza, la familia de los napolitanos.

Fui a recuperar mi bolso y observé cómo saludaba educadamente a Nina, a Rosaria y, con particular deferencia, a Tonino. Vi que hacía unas torpes carantoñas a Elena, que, en brazos de su madre, comía una nube de algodón de azúcar dos veces más grande que su cara. Una vez terminados los saludos, permaneció junto a ellos, rígido, incómodo, sin decir nada, pero como si se sintiese orgulloso de dejarse ver en esa compañía. Comprendí que la velada había concluido para mí y me dispuse a marcharme, pero observé que Nina dejaba a la niña en brazos de Rosaria y obligaba al marido a bailar. Me quedé un rato para verla.

Sus movimientos poseían una natural armonía, a pesar de estar entre los brazos de aquel hombre torpe, o precisamente por eso. Noté que alguien me rozaba un brazo. Era Gino, que había saltado de golpe con agilidad animal desde el rincón donde estuviera agazapado. Me preguntó si quería bailar, dije que estaba cansada y acalorada, pero al mismo tiempo sentí en mi interior una alegría ligera y le cogí la mano, bailamos.

Enseguida me di cuenta de que tendía a guiarme hacia Nina y su marido, quería que ella nos viera. Lo seguí, tampoco a mí me disgustaba mostrarme entre los brazos de su amante. Pero entre la multitud de parejas resultaba difícil acercarse a ellos y ambos renunciamos sin decir nada. Llevaba el bolso colgado del hombro pero no me molestaba. Era agradable bailar con ese muchacho delgado, muy alto, moreno, con los ojos brillantes, el pelo desordenado y las palmas secas. Su cercanía era muy distinta de la de Giovanni. Sentía la diferencia de los cuerpos, de los olores. La percibía como una bifurcación del tiempo: me parecía como si la noche misma, allí en la plaza, se hubiera rasgado y me hubiera permitido bailar, como por arte de magia, en dos etapas distintas de mi vida. Cuando terminó la canción dije que estaba cansada. Gino quiso acompañarme. Hablamos de su examen, de la universidad. En la puerta de mi edificio noté que se resistía a despedirse.

—¿Quieres subir? —le pregunté.

Negó con la cabeza, estaba incómodo.

—Es bonito lo que le regaló a Nina —dijo.

Me molestó que hubieran encontrado la manera de verse y que ella incluso le hubiera mostrado el alfiler.

—Estaba muy contenta por su amabilidad —agregó.

Murmuré un sí, me alegro.

—Quiero pedirle una cosa —dijo él.

—¿Qué?

No me miró a la cara, clavó la vista en la pared a mi espalda.

—Nina quiere saber si estaría dispuesta a prestarnos su casa durante unas horas.

Me sentí incómoda, una punzada de mal humor me envenenó las venas. Miré fijamente al muchacho para averiguar si tras esa formulación escondía una petición que no venía de Nina, sino de su propio deseo.

—Dile a Nina que quiero hablar con ella —respondí con brusquedad.

—¿Cuándo?

—En cuanto pueda.

—El marido se va mañana por la noche, antes es imposible.

—El lunes por la mañana está bien.

Calló, ahora estaba nervioso, no podría irse.

—¿Está enfadada?

—No.

—Pero ha puesto mala cara.

—Gino, el hombre que se ocupa de mi apartamento conoce a Nina y tiene trato con su marido —le dije fríamente.

—¿Giovanni? Ese es un don nadie, bastan diez euros para cerrarle la boca.

Entonces le dije con una rabia que no acerté a disimular:

—¿Por qué habéis decidido pedirme esto precisamente a mí?

—Ha sido idea de Nina.

24

Me costó conciliar el sueño. Pensé en llamar a las chicas; estaban en algún rincón de mi cabeza, pero las perdía continuamente en la confusión de aquellos días. También esta vez renuncié. Enumerarán las cosas que necesitan, suspiré. Marta dirá que me he preocupado de mandar a Bianca los apuntes pero que me he olvidado de algo —no sé qué, siempre hay algo— que me había pedido ella. Es así desde que eran pequeñas, viven con la sospecha de que me ocupo más de una que de la otra. Primero fueron los juguetes, las golosinas, incluso la cantidad de besos que repartía. Después empezaron las peleas por la ropa, los zapatos, los ciclomotores, los coches, el dinero. Debía cuidar siempre de dar a una exactamente lo mismo que a la otra, porque las dos llevaban una secreta contabilidad fastidiosa. Han sentido desde pequeñas que mi cariño es huidizo y por eso lo valoran en función de los servicios concretos que presto, de los bienes que distribuyo. A veces pienso que me ven solamente como una herencia material por la que deberán disputar cuando muera. No quieren que con el dinero, con nuestros escasos bienes, suceda lo mismo que, según ellas, ha sucedido con la transmisión de los rasgos de mi cuerpo. No, no tenía ganas de oír sus quejas. Por qué no me llaman ellas. Si el teléfono no suena evidentemente es porque no tienen necesidades urgentes. Daba vueltas y más vueltas en la cama, el sueño no venía, estaba furiosa.

De todas formas, lo de satisfacer las necesidades de mis hijas, pase. Bianca y Marta, por turnos que habían establecido encarnizadamente, me habían pedido cien veces, en la adolescencia tardía, que les prestara el apartamento. Tenían sus asuntos sexuales y yo siempre había sido condescendiente. Pensaba: mejor en casa que en el coche, en una calle oscura o en un bosque, entre mil incomodidades, expuestas a tantos peligros. Así pues, me iba melancólicamente a la biblioteca o al cine o a dormir a casa de una amiga. Pero ¿Nina? Nina era una imagen en una playa en agosto, un intercambio de miradas y de algunas palabras, como mucho la víctima —ella y su hija— de un acto irreflexivo por mi parte. ¿Por qué iba a dejarle mi casa, cómo se le había ocurrido?

Me levanté, di vueltas por el apartamento, salí a la terraza. La noche estaba llena todavía de ecos festivos. Sentí de golpe, nítidamente, el hilo tendido entre esa muchacha y yo: casi no habíamos tenido trato y sin embargo el vínculo se intensificaba. Quizá quería que le negase las llaves a fin de poder negarse a sí misma un peligroso desahogo a su agobio. O bien quería que le diese las llaves a fin de sentir en ese gesto la autorización a tentar peligrosamente una fuga, una vía para un futuro distinto del que le había sido asignado. En todo caso deseaba que pusiera a su servicio la experiencia, la sabiduría, la fuerza rebelde que su imaginación me atribuía. Exigía que cuidara de ella, que la siguiese paso a paso apoyándola en las decisiones que, tanto si le daba las llaves como si se las negaba, de todas formas la habría empujado a tomar. Me pareció, cuando ya el mar y el pueblo estaban envueltos en el silencio, que el problema no era la petición de unas horas de amor con Gino en mi casa, sino su entregarse a mí para que me ocupara de su vida. El faro arrojaba sobre la terraza una luz insoportable; me levanté, entré.

Comí uvas en la cocina. Nani estaba sobre la mesa. Me pareció que tenía una aire limpio y nuevo, pero también una expresión indescifrable, *tohu-bohu*, sin la luz de un orden cierto, de una verdad. Cuándo me eligió Nina allí, en la playa. Cómo había entrado en su vida. A empujones, claro, caóticamente. Le había asignado un papel de madre perfecta, de hija ejemplar, pero le había complicado la existencia quitándole la muñeca a Elena. Yo le había parecido una mujer libre, autónoma, fina, valiente, sin zonas oscuras, pero había construido las respuestas a sus afanosas preguntas como ejercicios de reticencia. Con qué derecho, para qué. Nuestras afinidades eran superficiales, ella corría riesgos mucho mayores que los que yo había corrido veinte años antes. De joven poseía un recio sentido de mí misma, era ambiciosa, me había alejado de mi familia con la misma fuerza decidida con que se libera uno de quien lo está sacudiendo. Había abandonado a mi marido y mis hijas en un momento en que estaba segura de que tenía derecho a hacerlo, de que hacía lo correcto, sin contar que Gianni se había desesperado pero no me había perseguido, era un hombre respetuoso con las necesidades de los demás. Durante los tres años sin mis hijas no había estado nunca sola, tenía a Hardy, un hombre prestigioso, que me amaba. Me sentía sostenida por un pequeño mundo de amigos que, incluso cuando discutíamos, respiraban la misma cultura que yo, comprendían mis ambiciones y mi malestar. Cuando el peso en el fondo del estómago se volvió insoportable y regresé con Bianca y Marta, alguien se retiró en silencio de mi vida, alguna puerta se cerró para siempre, mi ex marido decidió que había llegado su turno y se marchó a Canadá, pero nadie me acosó tachándome de indigna. Nina en cambio carecía de las defensas que yo había erigido incluso antes de la ruptura. Por otra parte, en el ínterin, el mundo no había mejorado en absoluto, incluso se había vuelto más cruel con las mujeres. Ella —me lo había dicho— por mucho menos de lo que yo había hecho veinte años antes, corría el riesgo de acabar de la peor de las maneras.

Llevé la muñeca al dormitorio. Le di una almohada en la que apoyarse, la coloqué en la cama como se hacía antaño en algunas casas del sur, sentada, con los brazos abiertos, y me acosté a su lado. Me acordé de Brenda, la muchacha inglesa con la que había estado solo unas pocas horas en Calabria, y de golpe me di cuenta de que el papel al que me estaba empujando Nina era el mismo que yo le había atribuido a ella. Brenda había aparecido en la autopista hacia Reggio Calabria y yo le había asignado un poder que deseaba para mí. Ella quizá se había dado cuenta y, desde lejos, con un acto mínimo, me había ayudado, para luego entregarme la responsabilidad sobre mi vida. Apagué la luz.

25

Me desperté tarde, comí cualquier cosa, renuncié a ir a la playa. Era domingo y el domingo anterior me había dejado un pésimo recuerdo. Me acomodé en la terraza con mis libros y cuadernos.

Estaba bastante satisfecha con el trabajo que estaba realizando. Mi vida académica no había sido nunca fácil, pero en los últimos tiempos —sin duda por mi culpa: con los años el carácter había empeorado y me había vuelto puntillosa, a veces irascible— las cosas se habían complicado todavía más y era urgente que me pusiera a estudiar con rigor. Las horas pasaron sin distracciones. Trabajé hasta que oscureció, solo molestada por el calor húmedo, por alguna avispa.

Mientras veía una película en la televisión, ya era cerca de medianoche, sonó el móvil. Reconocí el número de Nina, respondí. Me pidió de un tirón si podía venir a mi casa al día siguiente, a las diez de la mañana. Le di la dirección, apagué el televisor y me fui a la cama.

Al día siguiente salí temprano, busqué quien me hiciera una copia de las llaves. Volví a casa cinco minutos antes de las diez, y mientras subía por la escalera sonó el móvil. Nina me dijo que a las diez era imposible, que esperaba poder venir a eso de las seis.

Ya ha tomado una decisión, pensé, no vendrá. Preparé el bolso para ir a la playa, pero después cambié de idea. No tenía ganas de ver a Gino y me molestaban los niños malcriados y violentos de los napolitanos. Me di una ducha, me puse un biquini y me eché al sol en la terraza.

El día se deslizó lentamente entre duchas, sol, fruta, lectura. De vez en cuando pensaba en Nina, miraba el reloj. Al convocarla se lo había puesto todo más difícil. Al principio ella debía de haber contado con que yo le daría la llave a Gino y acordaría con él el día, las horas en que dejaría libre el apartamento. Pero desde el momento en que solicité hablar directamente con ella había empezado a dudar. Imaginé que no se sentía con el valor necesario para pedirme personalmente tanta complicidad.

Sin embargo a las cinco, cuando aún estaba en traje de baño, al sol, con el pelo húmedo, sonó el interfono. Era ella. Le abrí, esperé en la puerta a que subiese. Apareció con su sombrero nuevo, jadeando. Le dije pasa, estaba en la terraza, me visto en un momento. Negó con la cabeza, enérgicamente. Había dejado a Elena y Rosaria con la excusa de que tenía que comprar unas gotas en la farmacia, las que usaba para limpiar la nariz de la niña. Respira mal, dijo, está siempre en el agua y se ha resfriado. La noté muy agitada.

—Siéntate un momento.

Quitó el alfiler del sombrero, dejó ambos objetos sobre la mesa del salón, y yo pensé, mirando el ámbar negro, la larga aguja brillante, que se había puesto el sombrero solo para que yo viera que usaba mi regalo.

—Se está bien aquí —dijo.

—¿De verdad quieres las llaves?

—Si te parece bien.

Nos sentamos en el sofá. Le dije que estaba sorprendida, le recordé con dulzura que me había dicho que estaba a gusto con su marido y que Gino era solo un juego. Lo confirmó todo, incómoda. Sonreí.

—¿Entonces?

—No puedo más.

Busqué su mirada, ella no la apartó, dije está bien. Saqué las llaves del bolso, las puse sobre la mesa junto al alfiler y el sombrero.

Miró las llaves, pero no me pareció contenta.

—¿Qué piensas de mí? —dijo.

Me salió el tono que suelo usar con mis alumnos.

—Pienso que de esta manera no vas bien. Tienes que volver a los estudios, Nina, licenciarte y encontrar un trabajo.

Hizo una mueca de contrariedad.

—No sé nada ni valgo nada. Me quedé embarazada, di a luz una niña y no sé ni cómo estoy hecha por dentro. Lo único que deseo es huir.

Suspiré.

—Haz lo que te parezca que debes hacer.

—¿Me ayudarás?

—Ya lo estoy haciendo.

—¿Dónde vives?

—En Florencia.

Rió como solía, nerviosamente.

—Iré a buscarte.

—Te dejaré mi dirección.

Tendió la mano para coger las llaves, pero me levanté y le dije:

—Espera, tengo que darte otra cosa.

Me miró con una sonrisa vacilante, debía de creer que se trataba de otro regalo. Fui a la habitación, cogí a Nani. Cuando volví estaba jugueteando con las llaves, tenía una media sonrisa en los labios. Dijo en un susurro estupefacto:

—La habías cogido tú.

Asentí con un gesto y ella se levantó de un salto, dejó las llaves en la mesa como si quemaran, murmuró:

—¿Por qué?

—No lo sé.

De pronto alzó la voz y dijo:

—Lees y escribes todo el día, ¿y no lo sabes?

—No.

Negó con la cabeza, incrédula, bajó la voz.

—La tenías tú. La tenías mientras yo no sabía qué hacer. Mi hija lloraba, me volvía loca, y tú callada, nos mirabas, pero no te conmoviste, no hiciste nada.

—Soy una madre desnaturalizada —dije.

Ella asintió, exclamó sí, eres una madre desnaturalizada, me arrancó la muñeca de las manos con un gesto feroz de reapropiación, dijo en dialecto me tengo que ir, me gritó en italiano: no quiero volver a verte, no quiero nada de ti, y se fue hacia la puerta.

Hice un gesto amplio.

—Llévate las llaves, Nina —dije—; me voy esta noche, la casa estará vacía hasta finales de mes. —Y me volví hacia el ventanal, no soportaba verla fuera de sí; murmuré—: Lo siento.

No oí cerrarse la puerta. Por un momento pensé que había decidido coger las llaves, después la oí a mi espalda, masculló insultos en dialecto, terribles como los que sabían decir mi abuela, mi madre. Quise volverme pero advertí una punzada en el costado izquierdo, veloz como una quemadura. Bajé la mirada y vi que la punta del alfiler me salía de la piel, por encima del vientre, justo debajo de las costillas. La punta apareció durante una fracción de segundo, el tiempo que duró la voz de Nina, su aliento cálido, y después desapareció. La muchacha arrojó el alfiler al suelo, no cogió el sombrero, no cogió las llaves. Huyó con la muñeca cerrando la puerta tras de sí.

Apoyé un brazo en el ventanal, me miré el costado, la pequeña gota de sangre inmóvil sobre la piel. Sentía un poco de frío y tenía miedo. Esperé a que me sucediera algo pero nada aconteció. La gota se volvió oscura, se coaguló, y la impresión de doloroso hilo de fuego que me había atravesado se desvaneció.

Me senté con cuidado en el sofá. Quizá el alfiler me había traspasado el costado como una espada traspasa el cuerpo de un asceta sufí, sin hacer daño. Miré el sombrero sobre la mesa, la costra de sangre en la piel. Se hizo de noche, me levanté y encendí las luces. Comencé a preparar las maletas, aunque moviéndome despacio, como si estuviera gravemente enferma. Cuando estuvieron listas me vestí, me puse las sandalias, me atusé el pelo. En ese momento sonó el teléfono móvil. Vi el nombre de Marta, experimenté una gran felicidad, contesté. Ella y Bianca, al unísono, como si hubieran preparado la frase y la recitaran acentuando de manera exagerada mi entonación napolitana, me gritaron alegremente al oído:

—Mamá, ¿qué haces?, ¿ya no nos llamas? ¿Nos dirás al menos si estás viva o muerta?

Murmuré, emocionada:

—Estoy muerta, pero me encuentro bien.

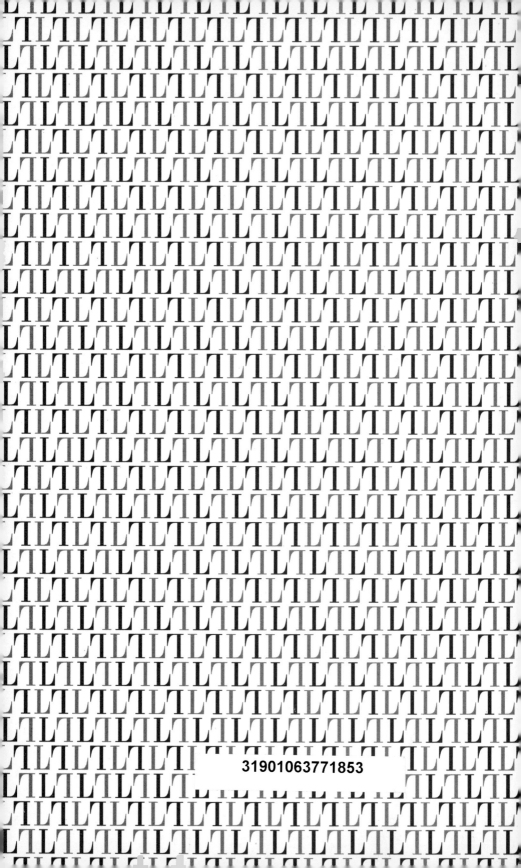

31901063771853